魅丽文化 花火工作室

三本王·wallace/绘

瞬间觉得好孤独

Moment of Loneliness

江苏凤凰文艺出版社
JIANGSU PHOENIX LITERATURE AND ART PUBLISHING, LTD

图书在版编目（CIP）数据

瞬间觉得好孤独 / 三本王wallace著. -- 南京 : 江苏凤凰文艺出版社，2016.10
ISBN 978-7-5399-9609-7

Ⅰ. ①瞬… Ⅱ. ①三… Ⅲ. ①故事－作品集－中国当代 Ⅳ. ①I247.81

中国版本图书馆CIP数据核字(2016)第203082号

书　　名	瞬间觉得好孤独
作　　者	三本王wallac
出版统筹	黄小初　邹立勋
选题策划	花火工作室（长沙）
责任编辑	胡小河　姚　丽
文字编辑	吴小波　高　丽
责任监制	刘　巍　江伟明
封面设计	熊小喵
出版发行	凤凰出版传媒股份有限公司 江苏凤凰文艺出版社
经　　销	江苏省新华发行集团有限公司
印　　刷	湖南新华精品印务有限公司
开　　本	880×1230毫米 1/32
字　　数	100千字
印　　张	6.75
版　　次	2016年10月第1版，2016年10月第1次印刷
标准书号	ISBN 978-7-5399-9609-7
定　　价	32.00元

（江苏凤凰文艺版图书凡印刷、装订错误可随时向承印厂调换）

目录

CONTENTS

目录

CONTENTS

第一部分

上班族

还记得初初步入职场的那个你吗？虽有些生疏，但是却有着勇往直前的力量。

直到有一天，这股勇气被失败、挫折、难过所慢慢磨灭，你站在大雨中，终是模糊了方向。

你努力躲过那场大雨，试图停下脚步，看清方向时，却发现，你身边从来没有能够让你依靠休息的肩膀。

你找不到人分享你的喜怒哀乐，更找不到人倾诉你的难过。就像，循环播放的音乐终于到了那首你最爱的歌时，那个你渴望一起听的人却迟迟未出现。

都说甜品是治愈
人的魔法，可是
若没有你喜爱的
那款口味呢？

都说家是疲惫之后，
能让人休息的港湾，
可是若这个家只有
你一人，只有冰冷，
没有温暖呢？

都说美食能让人满足，感到幸福，可是若

这个餐桌上没有欢声笑语，只有沉默呢？

可是你知道吗？
不管孤独与挫折来的如何汹涌，若你真的被打败了，
那失了梦想的你，才是真正意义上的孤身一人。
若梦想空，则心空，心空则世界空。

我盯着的那位先生

江意
（28岁）

那位年轻的先生坐在斜对角的桌边，已经近二十分钟。

我和他中间隔着一盆茂盛的花卉，深绿的枝叶竞相牵连，料想应该能挡住我窥探的目光。

他穿着时下流行的破洞仔裤和川久保玲的黑T，乌黑柔软的发里藏了一束耀眼亮色，配合他顺眼的皮相，倒是并不糟糕。

他坐在这个往来客人多是中老年人的咖啡馆里，显得有些局促不安，分明是个还没走出学校的大儿童。

咖啡馆里，靠外围的那圈桌子并没有其他客人，我从旁边的书架上拿过一本川端康成的《睡美人》，摊开在身前，佯装看书，实则看他。

是跟朋友约好了吗？

不对，约定的地方一般双方都会熟悉，不会像他现在这样，偶尔蹬脚，眼珠骨碌碌转个不停，还带着类似紧张惶惑的情绪。

不是朋友的话，又是在等谁？

这时有侍应生走过去，递过一张菜单，微笑着俯下身与他交谈。他摆了摆手，窘迫地微笑着，指了下自己，又低下头在菜单上比划，头顶的发旋与我照了个面。

约莫两分钟的样子，他抬起眼，双手继续比比划划，见侍应生摇摇头，才从裤口袋里掏出来一只手机。

他在上面打了一阵字，递给侍应生，肩膀高耸着，湿漉漉的眼睛盯着对方。直到侍应生朝他点点头，这才垂下肩膀，嘴角隐隐可见笑意，明显是松了一口气。

我终于明白过来，他刚刚是在打哑语。

这时，我从家里带过来的笔记本右下角在闪光，点开来看，是在一款躺椅设计稿的某个细节与我争执半个月的客户，给我发过来大段文字留言。

无非又是这次的稿件他非常不满意，经历多次改稿与我的拖延，他耐心消耗殆尽时，将不会支付尾款。

把屏幕合上，我招来在吧台做咖啡的侍应生，要了一杯 Espresso。

像我这种无聊到躲在暗处窥探别人的人，其实非常让人厌恶的吧。腹部有轻微抽疼，是长期饭吃太少咖啡喝太多的后遗症。

不管是谁，想要活下去，都需要钱和梦想。

现在的生活，不足够支撑我与谁十年之后对对，百年之后双双。

那位年轻的先生正倚靠在窗边，低下头玩手机，依旧没发现我在看他。

没过多久，咖啡馆门口的风铃又响起来。

一位西装革履的精英男士走进来，四处观望，最后找到目标，走到那位年轻先生的桌边停住。

精英坐下前，往四周扫了一眼，我忙低下头，不再朝那边看去。

乍眼看去，两个人的版型十分相似，年龄又不像差太多的样子。

这应该是他的家人吧。

可能是兄弟。

尖起耳朵，能稍微听见精英故意压低的醇厚嗓音，“真是长本事了，离家出走都在学会了，母亲今天从澳洲打电话过来，十分担心你……”

真好。

吧台里传来一阵又一阵浓郁又苦涩的香味，我不再关注外面那张桌子。

多数人对残缺总抱有一种微妙心态，或同情或鄙夷，或好奇或漠视，总之少有人能等闲视之。

我也在这大部分人中，带着隐晦的窥探，和时不时涌现出的微弱可惜。

他俩走的时候，咖啡馆里正在放《The last goodbye》。

我到过很多地方，我经历很多酸楚。

但我不曾后悔，亦不会忘记，所有与我结伴而行的人。

……

我重新打开笔记本，画未完的稿件。

除此之外，我只是个无聊的人。

◇ 心中梦灭

蔡诗宇
（26岁）

唐艺上班时必须穿正装。

白衬衫，黑西装，一字裙，高跟鞋，连头发都只能一丝不乱的盘起。

她觉得这一切都枯燥无味，但又因为高工资而不得不妥协。

时间一长，她竟也习惯了。

习惯到，她看着衣橱里的那件舞衣，以及那双舞鞋，心里都不会再有任何涟漪。

唐艺就读于某艺术学院舞蹈系，毕业那年，她以一舞，成为了系里乃至整个学院公认的优秀领舞者。

唐艺心里的舞蹈梦，在那时燃至最高点。她疯狂的想要登上各大舞台，且只能是登上各大舞台。

哪怕这条路初始并不顺利，她也从未想过放弃。

不管是参加舞蹈大赛，名次不理想，还是打着舞蹈大赛的选秀节目实则是唱歌比赛，抑或者是剧院舞蹈表演前夕临时被人换下，唐艺都经历过。

所幸，唐艺的坚持，努力，都没有被辜负。她加入了一个刚起步的舞蹈团，站在梦寐以求的舞台上在一些小城市巡演。

她欣喜若狂，第一次觉得心中那个舞蹈梦终有一天会闪闪发光。

可是，她就是在那个时候被迫放弃了舞蹈梦，成为了朝九晚五的上班族。

唐艺父亲忽患重病，只能在重症室里依靠各种呼吸管维持生命。

原本还算富足的家庭，一落千丈，甚至连最基本的生活需求都只能勉强维持。而唐艺所在的那个舞蹈团资金有限，只能维持正常运转，所有团员几乎是无偿演出。

若守住舞蹈梦，则是以家庭为代价，反之，则是以舞蹈梦为代价。

决定退团那天，她正好结束衡阳西渡的演出。她把自己关在一间临时搭建的办公室里，痛哭了几个小时。

那一次之后，直到今时今日，她再也没提过舞蹈这两个字。

医院，家，公司，这三点一线的生活成了唐艺的全部。

下班去医院，离开医院回到家。

公司里有一成不变的工作，有严厉苛刻的笑面虎上司，有看似近实则远的同事……足以支撑唐艺继续走下去的，是高工资换来的家人得以在逆境中稍稍缓解。

医院里有刺鼻的药水味，有母亲哭过的无数夜晚，有看不完的生离死别，有道不尽的无限心酸……足以安慰唐艺术继续走下去的，是医疗技术换来的父亲得以在病痛中逐渐康复。

家里有许久未曾在夜色中为她亮起的暖黄灯光，有因疲惫而忘记照料的早已枯萎的鲜花，有许久没有欢声笑语的冰冷客厅……足以抚慰唐艺继续走下去的，是黑暗之后得以重新拥有的幸福时光。

只是，若有人问她——

如果她终生都无法再踏上舞台，去实现舞蹈梦，她将要如何度过此生。

我想，她应该会将那颗因丢失了梦想，而略显孤独的心脏牢牢捂紧，然后努力笑着度过此生。

◇

灭掉的梦想

蔡丽雅
（27岁）

“我回来啦，今天买了你最喜欢吃的鸡胸肉噢。”

“真的吗？我看看，我看看。”

“干嘛每次都这么激动。”

“因为人家是真的喜欢吃嘛。”

“好啦，我先休息一会儿，然后再弄给你吃好不好？”

“啊，你还要休息啊。要是我撒个娇，你能现在弄给我吃吗。”

“撒娇也没用啦，今天真的好累噢，我一个下午写了六五份策划书耶，现在整个脑袋里只剩浆糊了，都是我那蠢货上司害的。你乖啦，不要抱住我，让我休息半个小时好不好？”

“不嘛不嘛，我就是要抱住你。”

“你有时候真的很讨厌呢，又黏人，又听不进我的话。可是，我又庆幸，幸好有你。不然我每次下班回来，一个人住在这个空荡荡的房子里，连个说话的人都没有。”

“知道我的好了吧？知道了就赶紧给我弄吃的去。”

“好啦好啦，知道啦，那我打起精神，勉为其难先给你弄吃的吧。”

“就知道你会跟着来厨房呢。”

“我要盯着你，不能让你偷懒。”

“你说你，每次我弄东西吃，你都要来厨房。你来厨房干嘛呢，只会光站着看，又不能帮忙，还唧唧歪歪的，担心我吃了你的食物呐？”

“我……我不是这个意思……”

“你不要狡辩啦，一早我就知道你是个懒鬼小吃货了。哎，对了，你说后天我生日的时候，会有人来给我庆祝生日不？应该没有吧。爸妈离婚后，除了每个月固定的一个电话之外，没有其他任何多余的了，同事又还不熟，他们肯定连我生日是哪天都不知道。我好可怜噢，生日只有你一个人陪……你会给我唱生日快乐歌不？”

“我不会唱这首歌呢。”

“我知道你不会唱啊，可是你不会为了我去学噢。算了算了，哼，自己给自己唱生日快乐歌，有啥了不起的，我都自己唱了两三年了。”

“先不要说这个啦，我的鸡胸肉好了没？”

“你就只关心你的鸡胸肉！不要再踮起脚往锅里看了啦！长得矮，还希望看得高呢？鸡胸肉就好了啦，给你放碗里了，吃吧。”

“怎么只有我的食物，你的呢？你不吃晚饭么。”

“我不想吃，没胃口，真的太累，现在只想好好休息。我去沙发上躺着了哈。”

“吃完啦？来，到沙发上来，一起看电视吧。我跟你说，这个综艺节目好搞笑啊，里面的每个人我都喜欢。累的时候看看，可以解乏呢。还有啊，觉得孤独的时候看看，还可以营造出家里很热闹的假想，毕竟欢声笑语的，还可以跟着里面的人物一起笑。”

“……”

“哎？就睡着啦。真是的，每次躺沙发上都会睡着。你这个样子真的是酒足饭饱噢。吃完了睡，睡完了吃，一个晚上都不关心关心我！你知道吗，如果连你都不关心我，就没人会关心我了！”

“……”

“居然睡这么死，用手指头戳你，都戳不醒噢。其实我有时候觉得自己好没用，都这么多年了，我居然还没习惯一个人。”

“喵~”

“你醒啦！跟你说过很多次了，不要学猫叫啦，干嘛不听？”

“哦，我忘记了，你本来就是一只猫。”

第二部分

—异地恋—

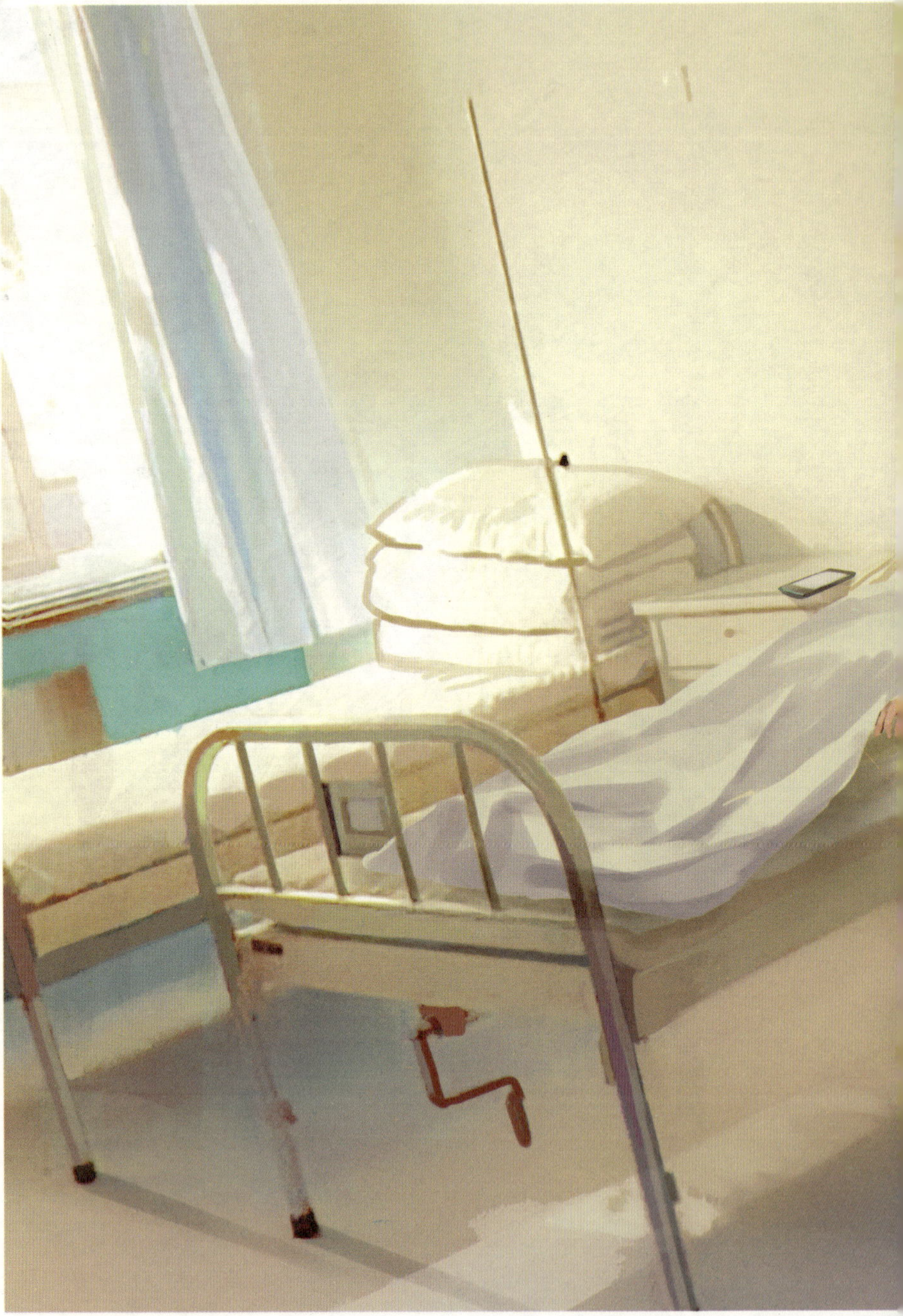

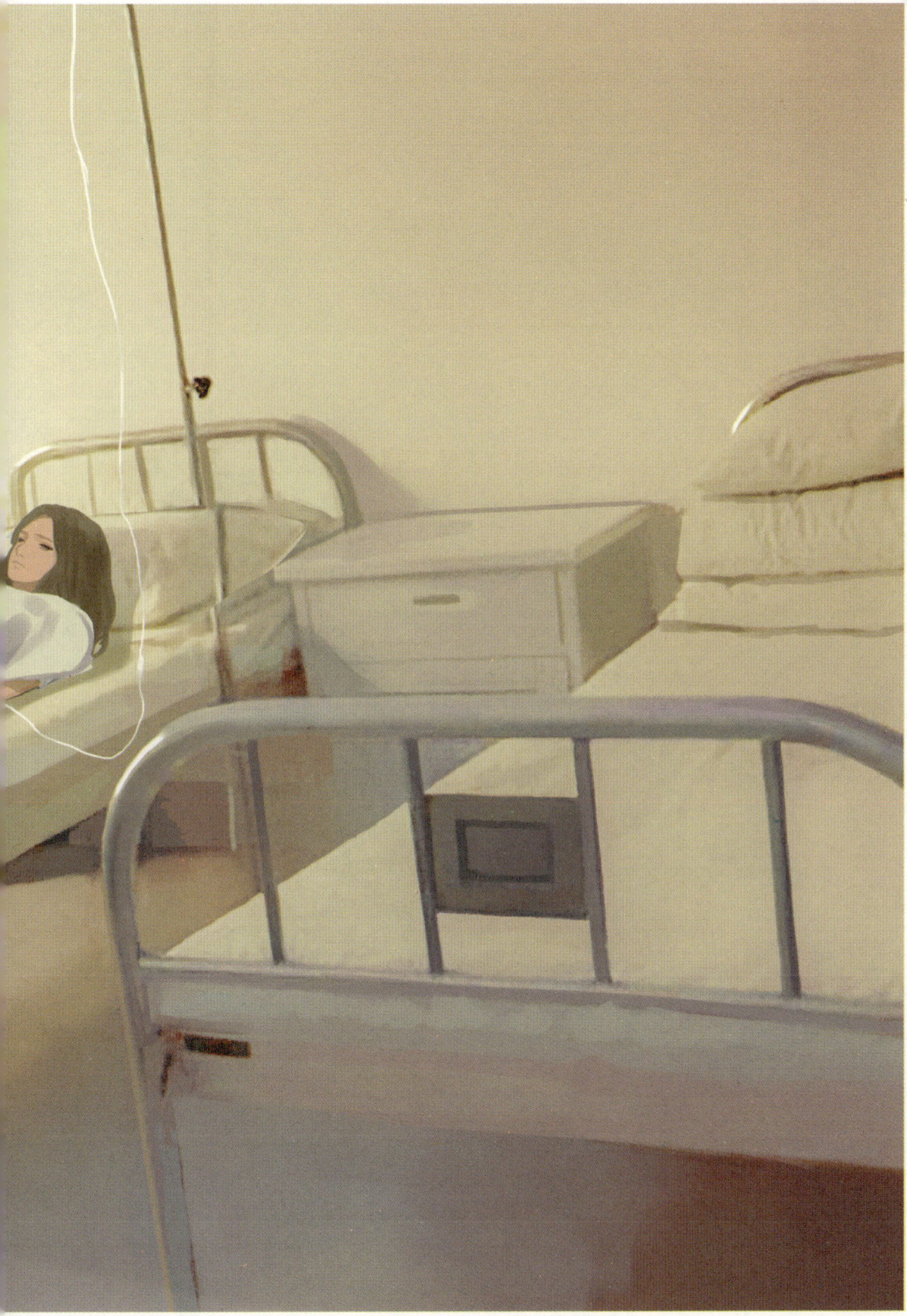

长沙 —— 哈尔滨

7月
21

◇

从此有心爱良夜

周悄悄
（21岁）

不要温顺的走进那个良夜。

看完《星际穿越》的第二天中午，周悄悄送程烨去机场，沿途讨论了三十分钟爆米花与墨菲定律，循例关怀彼此之后几个月的生活，直至程烨走进候机厅。

程烨的背影消失在转角时，周悄悄站在安检口，扶了扶眼镜，眼帘垂下来，叹了口气。

程烨来时，坐了十二个小时的火车，半夜才抵达南京，人困马乏，把周悄悄心疼坏了。

不过只得一周时间，程烨又得飞去成都。只因导师缺人手，挤不出多余时间请假过来甜蜜蜜。

周悄悄在南京做庞德课题研究，程烨于成都研二在读。

似乎已经习惯聚少离多和邮件电联。

似乎。

分开两年，她与程烨的共同话题还是越来越少，甚至于说话时彼此都开始小心翼翼。

也有可能只她一个人在小心。

电话里虽然依旧继续谈天说话，却生怕说错一个字，给将来到的短暂假期留下阴影，在分开的时日里不够甜蜜素材来想念爱人。

程烨没来时，周悄悄也会羡慕室友每天男友早晚接送，嘘寒问暖，及生日时的热泪告白，附赠精致晚餐。羡慕生活随时有爱情点缀，如时时喷洒香露的初放玫瑰。

普通人常有向往的生活方式，有羡慕的对象，却始终不肯随心所欲的活成自己。

周悄悄坐在回城的机场大巴上，靠窗翻看手机相册，短短几天的合照几乎占满手机容量，满目所见，俱是八颗牙笑容。

去中山陵时两人费尽力气爬上高高台阶，像所有周遭情侣一样，拍照留念，最后瞻仰石像，跟着众人唏嘘不已。吃晚饭时，程烨夹了一筷水煮鱼片到她碗里，说：“也就看着红，一点辣味都没，改天带你去吃我宿舍楼下那家。”

周悄悄鼓了鼓脸颊。

在新街口逛商场，程烨突然自己做主，给她选了一双玛丽珍小高跟鞋。

周悄悄正疑惑时，程烨已经在她面前蹲下身，一米八的身高佝偻下来，解鞋扣的手指僵硬，周悄悄有点莫名想笑，好不容易憋着，等程烨有些笨拙的坚持替她穿好鞋。

然后她问：“干嘛要选高跟呀？”

程烨单手提装鞋盒的纸袋，摸摸周悄悄的头，“有一天梦到你穿起来好看，早就想这么做了，难得过来看你一次。”

在那一个瞬间，周悄悄的心仿佛被面前这条大狗舔了一下。

长久以来，累积到饱满的酸楚寂寞快要涌出来，冲破喉咙。所有乌云被吸入平流层里，消失无踪。

原来过得很快乐，只她一人未发觉。

之前所有心绪，不过泛泛臭矫情。

狂暴的人抓住并歌唱过翱翔的太阳，懂得，但为时太晚，他们使太阳在途中悲伤，也并不温和地走进那个良夜。

为了得失心，为了爱与被爱，就得有所放弃，甚至忍受必要的孤独，处理掉不安情绪。独自渡过一段寂寞光景，为了之后所有相遇。

周悄悄下巴士的时候已经是下午两点半，现在的程烨应该还在飞机上打盹。

她在微信里打了一大段字，最后又一个一个退格删除。

重新打了一句，点下发送。

“今年也一起加油吧。”

下市的樱桃

魏然
（24岁）

从曼彻斯特飞往北京的时间，是十五小时五十分钟。

从北京飞往长沙，是两小时十五分钟。

魏然拖着行李箱走出国内抵达的门口，晴空朗照，云层后的晴日偶一露面，让他突如其来一身灼热，汗珠几乎是瞬间从后背冒出，然后滚落，给深灰短袖留下印记。

魏然低头，在手机上看了一眼地图。然后招来一辆的士，开向市内。

他在英国留学，而女友在这座熔炉城市读大学。

他与女友中间的时差是七个小时，每天上完课下来，几乎都能收到女友发来的晚安。

女友是个小个子南方女生，堪堪到魏然的胸口位置。她从小生长于湖边，像朵吸饱水的向阳花。喜欢樱桃和三岛由纪夫，每时每刻都会对他露出柔软笑容。

可是她摔倒的时候，他没办法扶她起来，来例假没办法给她泡红糖水，冬天不能把她裹在自己的大衣里，甚至不够经济来每个月见一次，只能在电话和短消息里谈恋爱。

“魏然，我今天在公交车上，碰到了一个好奇怪的人……”

“魏然，半夜给你发消息，没有吵醒你吧。今天急性肠胃炎突然犯了，吊水吊到现在，好困啊。”

“大学三年都快毕业了，还是有点吃不惯这里。

长沙菜好辣啊，又辣又好吃。（笑）”

“隔壁的学姐好像又被前男友找来纠缠了，可怕。”

……

就连他的小姑娘给他打的所有电话里，都会尽力笑出声来不让他操心，却也能隐约听见微弱无奈。

两人隔得太远，不能像其他人一样任性吵架，冷战延时，只能把自己捂得死紧。于是，在魏然还没察觉的情况下，种种种种，时间累积细微矛盾苦痛，伏脉千里。

读工科的魏然始终认为，有前程才足够他给女友一个圆满未来。他也明白，现在和她之间的距离，不是一张机票火车票或者长途车票就能解决的事。

而在他努力完成枯燥学业时，只能勉强了解到隔着一片大陆的那个姑娘令他无比爱重与放心，而无意间忽略了她的所有情绪。

直到上个月的某天，魏然才知道，女友连吵架说分手都是细声细气。

“魏然，离我们上次见面已经过了四百二十七天，我感觉好辛苦……我……有点等不下去了。”

魏然无言以对，不知道说这话时，女友是什么表情，会不会格外难过。

而另一端的女友终于鼓起勇气，“我们分手吧。”

有女声在旁边响起，“浪费人青春，渣男。”

魏然想尝试解释，却发现没有一个得体理由能说得出口。

女友在他的数十秒延误中抽泣着挂断电话。

接下来半个月，魏然提交了无数申请跟课业繁忙的导师请周假，怀着忐忑的心情，查询路程、预定机票。

最终穿越一片大陆，降落在她所在的城市，对于所有将会发生的事情，他一无所知。

女友的敏感与寂寥他都无法陪伴，对此，他只能抱一腔内疚歉意与挽留心意，无人诉说。

你是我梦里，孤寂，热闹，来去匆匆。

你是我梦里，虚妄，真实，午夜霓虹。

女友喜爱樱桃。

然而在魏然回来的盛夏蝉鸣时，樱桃已经匆匆下市。

第二部分

独孤旅行者

吴哥窟

许青禾
（26岁）

“为什么《花样年华》里，周慕云向树洞吐露秘密的那场戏，王家卫非要跑到吴哥窟去取景呢？”

“不知道。”

“大概因为这里有种隐忍、内敛、和承受苦难的气质？”

“这就是一座古迹罢了，最多有些人文气息，我没看出来你说的这么多东西。”

八月的暹粒，陈嘉牧和我站在冷饮店的遮阳棚下说着话。我执着一把在小摊上买的蒲扇不耐的扇着，热得不想答陈嘉牧那没来由的话。

陈嘉牧看了看我满头的汗，笑笑拿出纸巾替我擦。

“你想不想去看电影里的那个树洞？”他又问道。

“你想去吗？”天气太热，我有些迟疑。

“来都来了，不去看看吴哥窟吗？”他一手揽过我的肩，用手指轻轻抹去我鼻头层出不穷的汗，又柔声问我。

“当然要看。”听他这么说，我收起扇子，伸手拦车。

暹粒的夏天热得冒烟，正午过后，居民都在屋内躲着，街上只有大老远跑来观景的游客还在烈日下坚持着。

这不过是个普通的下午。车发动，总算从窗口吹进来一些风，吹开了黏在脸上的发，我看见窗外晃过芭蕉绿叶，晃过不知名的艳红花朵，晃过三轮车夫黝黑的脸，和那些旧得特别有味道的民居。

清风拂面。偷得浮生半日闲，这句诗忽然浮现在脑海中。

车到吴哥古城，一片古迹映入眼。

那些数百年前建造的宫殿、寺庙，静静地掩身在一片树林中，有一种荒凉破败的美感。

忘了炎热，我们在城中漫步，穿过巴方寺、穿过斗象坛、穿过女王宫，宛如探险。我却始终感受到他的目光。

“干嘛？”到了吴哥窟内，我终于忍不住回头望向他。

“昨晚在 Pub Street，有个鬼佬在我边上夸你漂亮。”他捉起我的手放到唇边轻吻了一下，阳光照进他眼睛，浅浅的瞳仁格外温柔。

“那你觉得我漂亮吗？”我笑了。

“漂亮。”他看向我的眼睛。

“和我在一起这么久了还觉得我漂亮啊？那是真爱。”我乐呵呵的揶揄他。

他却没笑，就一脸正经的问我：“那要是和你在一起一辈子呢？”

烈日下，时光静止了，四面佛低眉瞧着我们。

一辈子，三个字，说来好像很容易。

我牵起他的手想继续朝前走，却没法再拉动他。

“周慕云的树洞呢？你不是要去看吗？”我问道。

“我不去了。”

“为什么？”

“因为我并不存在，我只是你太孤独的想象。我与你早已分开，你所记得的，是三年前的吴哥窟。”

落叶被风猛地扫起，天空灰暗，几欲落雨。

我才想起，断壁残垣间，只有我一人而已，而暹粒已然入秋了。

属于吴哥城的夏天，那些绿芭蕉艳红花，那些浮生半日，Pub Street 的鬼佬，以及陈嘉牧说的每一句话，都只是我三年前与他同游的记忆而已。

而现在我独自一人，故地重游，站在那个光秃秃的树洞前。

这里原本应该站着两个人才对。

“那要是和你在一起一辈子呢？”

我小声地把答案埋葬在了树洞里，站在这偌大的吴哥建筑群中，好像一只渺小的蚁。

“为什么《花样年华》里，周慕云向树洞吐露秘密的那场戏，王家卫非要跑到吴哥窟去取景呢？”

我知道。

因为它满是被人遗忘的痕迹。

◇

心上尘

钟宁
（29岁）

星川先生：

见字如面，谢谢您在我呆在奈良的短短半月里，愿意借自行车给我当代步工具。很不好意思的是，之前脑补了无数漫画男主角从山坡骑着自行车俯冲而下的画面，幻想中脸颊带风，现实里却一直没有用上它。

我从我的家乡寄送了一份微薄礼物，希望您已经收到。

您介绍的那家旅馆，主人非常周到，店家养了只黄白相间毛色的胖猫，常陪我在附近夜游。有几天晚归的时候，店主甚至照顾我独自一人，特地给我留一份糖汁丸子。

写这封邮件时，我已经回国两周，忙碌于周旋几位难缠客户。遗憾的是，错过了吉野山刚刚热闹起来的樱花季。

去过之后发现，原来奈良并没有我想象中大，不过胜在含蓄，会让人羡慕这里的居民。

不止公园里，还有散养的鹿无处不在，虽然并不是每一只都很亲切，但也不怕人，有一只刚刚锯了角的鹿为了讨要鹿仙贝，甚至一路追逐我，跑了大概几百米。

它远远看着我，剔透溜圆的眼里仿佛映着一个模糊的身影。

让我想到夜里的某个便利店门口，也有一只这样的铁皮小鹿邮箱，鹿角上挂一串彩色灯泡，闪烁不停。

甚至 JR 车站外的街边，许多小甜点也做成了鹿的形状，大概是只有在奈良才能吃到的特产。如果有一个女朋友在身边的话，她该会很喜欢。

就像我的前任，性格跳脱，少女心爆棚。

而我，始终枯燥乏味。

刚刚过了清晨的时候，我带了啤酒和早饭去若草山，每一个路过的街道边角上，都有蔓延攀爬的青苔，沾满了厚重露水，却又带着不可名状的温柔。

因为记错了园区时间而等了两个钟头，期间拍下一只停驻在身边的不知名小鸟，坐在没有客人的冰店里吃完一份抹茶红豆冰和早饭，刷了一阵 Instagram。

若草山的坡很平缓，走过一重目的时候停下来，站在偶尔用眼神问候我的小鹿不远处，能看到东大寺尤为显眼的角，顺带远眺京都。

我坐在凳子上喝啤酒，面前不远的奈良盆地已经彻底醒来，近处满眼苍翠，安逸俯拾即是，眨眼间捕捉云层后透出的光，连呼吸都妙不可言。

接近中午的时候，有一群穿着日式校服的学生也走了上来，十四五岁的男、女生，鲜嫩青葱，柔软热情，一起结伴参加户外教学。我猜想，其中或许会有个别少年，谈笑中神情间或流露出微妙的、只属于那个年龄的感情。

值得一提的是，小池家的乌冬非常美味，老板同样和蔼，小小一间店面，掀开门帘进去，就能闻到气味馥郁，见识晶莹汤汁。有幸前往，唇齿余香，回味无穷。

奈良这个地方，怎么形容呢。或许于我而言，静水深流，适合掸去心上尘土。

当然，我知道一个人和两个人能体会到的乐趣应该是不相同的，有伴侣在身边的旅程会更丰富饱满。

而一个人在路上的时候，眼见四处，仿佛都是崎岖一生，不由衷的心绪总是千回百转，又难以言喻。

再次感谢您，给我介绍了这样一个美妙的地方。

如果可以的话，希望下次赏樱的时候，我也能带上我的爱人一起。

以上。

钟宁

昨天晚上我梦见你

杨漫
（29岁）

昨天晚上我梦见你。

我已经很久没有见过你。

火车一出四川，气温就明显的降了下来，上铺的女孩子和我聊了好一会的天，才渐渐睡着。

车厢熄了灯，一切都安静，除了黑夜中那规律行驶声。窗外是一片漆黑，月光弥漫在天际线处，依稀可以借着它分辨下面的大片田地。

因为难以入睡，我可以独自一人，长时间的看着这漆黑的窗外以度过长夜，聊胜于无。

旷野之中，只有这火车的隆隆声与长久的静坐。

次日中午，车到拉萨，入住青旅，有一帮年轻人在客厅和厨房间忙碌，摆桌吃饭，我朝里看了一眼，便有一个小姑娘笑着冲我招手。

“我们做了好多菜，煮了一大锅饭，一起吧？”大概是看我一个人，他们热情的邀请我加入他们的餐桌。

这一路旅行，我住了很多家青旅，认识了许多有趣又友善的人，我与他们一路同行再分开，留下电话，虽然将来也不一定会再联络，但也算是丰富了我的旅程。

这群年轻人都是大学生情侣，来西藏完成自己的毕业旅行，一桌热闹，有说有笑。吃完聊天，他们提到下午要去三大圣湖看看，邀我同行。

我稍稍一愣，欣然前往。

漫长的车程，车一直绕着山攀行，仿佛是朝圣。

车到羊卓雍错，我与青旅的那群年轻人一起下了车，四千多米的海拔，天空很低，透过云层的阳光像圣光般，离我很近很近。

三大圣湖之一的羊卓雍错就在眼前。

“我们从武汉出发，顺着长江一路往下吧？”

“不要，一直坐船有什么意思嘛。”

“那你想去哪？”

“我想去广州啦，丽江啦，还有西藏！”

“西藏可以，西藏的三大圣湖，特别美。”

武汉的江风，广州的海味，丽江的春水。西藏的苍穹。

从前打算一起旅行的地方，如今我自己一一来过。

苍山拥抱着一片开阔的深蓝，倒映着伸手可触的云朵，圣湖美得让人几欲落泪。

可我不敢落泪，我害怕自己变得更脆弱。

昨晚我梦见了你。过去两年不论我如何思念，你都不曾来我梦里。

被火车行驶声打扰的我不愿醒来，抱着你的手臂哭了起来，害怕一睁眼你就不见。

情侣扎着堆在与羊湖合照。一双一对，每个人仿佛都找到了爱人。

我替他们拍好几张后，那个小姑娘问我：“要给你也照一张吗？”

“要的。”我答。

我不是软弱，我只是爱着你。

打从心底的爱着你。

我站在羊湖前拍下我一个人的独照，想象了一下如果你在我身边的样子。

每个人仿佛都找到了爱人，除了我。

可是如果忘记了你，在这世上，我才真的是孤身一人了。

比起这点，偶尔的孤独我也可以忍受。

昨天晚上我梦见你，你问我好不好。

我很好。

真的，没关系。

第四部分

姐妹情

SHIDAX
GRIFFIN
鮨

C.T.Y. club
3
櫻
SAKURA
2
relieve
1
Nature
小林生花店

KINLOCH

SCOTLAND SINCE 1868

MAX

◇

七十四年之后

王爱华
（76岁）
口述

高丽
（26岁）
记录

我奉社长之命，前去与王奶奶见面那日正值春季。

古风古韵的四合院内，春花盛开，枝繁叶茂。葡萄架下放置了两把竹藤躺椅，一把空着，一把王奶奶悠闲地躺在上面。一旁还有个小红木茶几，上放着两杯用洁净透明的精致玻璃杯冲泡的碧螺春。

王奶奶瞧见我，坐起身，笑着拉过我的手直接将我往躺椅上带，紧接着端过碧螺春递给我。我品着茶，摇着躺椅，闻着花香，听王奶奶徐徐道来一个故事。

（以下文中的我皆为王奶奶）

听我母亲说，我出生的时候正好是十月四日黄桥战役开始之时，八路军对华北日军发动百团大战。那时战火纷飞，不是有士兵战死杀场，就是有农民活活饿死。

周围条件稍微好一点点的农民一日三餐可吃到苞米面，玉米馇子或者是小米，特别穷苦的就只能吃糠咽菜，草根树皮，糠菜半年粮等等。

我家属于后者。所以我出生之后，我家口粮越发吃紧，甚至于我母亲因为没吃的，都没有什么奶水喂我。

正值我全家走投无路的时候，隔壁刘家大娘送来了救命粮。我母亲说，他们捧着苞米面连连磕头，感谢刘家大娘的救命之恩。

次年，刘家大娘新添一个闺女，她与我一同长大，自然而然成为姐妹。我们手牵着手走过田野小道，也苦中作乐一起度过无数个难熬的日子。

我现在还记得，她向我跑来时，那个阳光明媚的笑容，以及上下跳跃的麻花辫。

1949 年，那是全中国人民都不会忘记的日子，中华人民共和国成立。那一年，我九岁，她八岁。即使现在的春节花样繁多，越发热闹。但是我此生中最热闹，最开心的那个新年，还是属于 1949 年 1 月 29 日那个春节。

人们在街上尽情的唱着解放区的歌，歌声响彻天空，现在还能在我耳边回想起来，有《解放区的天是明朗的天》，有《南泥湾》等等。而我跟她穿着新衣裳，大笑着从巷子这头跑到那头，总觉得怎样都无法表达出自己心中的激动之情。

年夜饭是我们两家在一起吃的，即使吃的是用炸面充肉包的饺子，但是依旧一个赛一个的吃得香。我们围在一起，怀着对未来的美好憧憬谈笑风生，满怀欣喜。

那也是我跟她第一次睡在一张床上。那天晚上我们趁大人都睡着了，偷偷地爬起来，折了三根树枝，插在门前的地上，头顶清月，脚踏大地，结拜成为姐妹，愿有福同享有难同当，誓不离不弃。

从那以后，我们几乎形影不离，或者确切的来说，我跟她从 1941 年到 2015 年，都同住在一个院子里。上至我们父辈，下至我们儿孙，两家人早已成为亲人般的存在。

故事说到最后，王奶奶叹了口气，面露悲哀，她说——

如果老刘没在 2015 年去世的话，今天这葡萄架下，应该会有三张躺椅，三杯碧螺春，三个人。

◇

以爱之名

李然
（16岁）
李念
（13岁）

我是姐姐，那个人……我其实很不想称呼她为妹妹。

因为她抢走了原本属于我的一切，我是恨她的。

我爸妈还总在我面前说，能成为姐妹是上辈子修来的福分，要珍惜啊，感情要好好的。

但谁想跟她感情好？我巴不得她从未出生过。

这样我就能以健康的心态，快快乐乐地跟我爸妈生活在一起一辈子了。

她没出生之前，我爸妈是只爱我一个人的，在他们眼里，我也是唯一优秀的女儿。

可现在呢？我只得到了一半的爱，一半的关注。

更可恶的是，那个人还学习成绩比我优秀，舞跳的比我好，甚至就连笑起来都比我好看。

若是把我跟那个人放在一起，大多数人好像都喜欢她多一些。

这个大多数人里包括我爸妈，我觉得他们也是偏心的。虽然他们自己总是否认，还说什么手心手背都是肉，怎么可能会偏心。

有时候我跟那个人吵起来，他们就会说姐姐要让着妹妹呀。

他们都不关心我心里在想什么，也不问问我的委屈，这让我觉得自己在这个家很孤寂。

明明是四口之家，却只有我是一个人的感觉。

所以，其实我也是恨我爸妈的。只是对比我对那个人的恨，要稍微少一点点。

没有人知道，我有多想回到十岁以前的日子。

在这个世界上，只有我自己知道，只有我内心深处的那个独白知道。

这是不是有点可怜？

可是我没有可以解决的办法，那个人已经出生了，并且已经长到这么大了。

我真的真的没有可以解决的办法啊。

——李然

其实我知道姐姐是讨厌我的，但我理解她，并且我在试着让姐姐感觉到我对她的爱。

例如，我会在姐姐生日的时候，用节省下来的零花钱，买礼物送给姐姐。

虽然，我每次都会在垃圾桶里看到那个未拆封的礼物。

但是我坚信，姐姐总有一天会拆开礼物的，然后笑着抱住我。

我有一个好朋友，她也有姐姐，我每次听到她手舞足蹈地跟我说她与她姐姐之间的趣事时，我就好生羡慕。

我渴望有一天，姐姐能重新陪我玩，能重新疼我，爱我。

因为姐姐以前的确是爱我的。

妈妈告诉过我，说我学走路的时候，当时四岁的姐姐牢牢地牵着我的手，生怕我会摔跤，说我两岁时发烧，六岁的姐姐陪了我好久好久，还不断地安慰我。

我不想一个人孤孤单单的，明明我也有姐姐，也正因为这些陈年往事，让我坚信，在姐姐的心底深处还是爱着我的，就像我爱着她一样的爱着我。

我想了很久，我跟姐姐的关系为什么会逐渐变成这样。

后来我终于想到了，似乎是从我读书，并开始跳舞之后，才慢慢恶化的。

虽然具体原因我不得而知，但是我想，那并不重要。

因为重要的是，她是我姐姐，是我这辈子唯一的亲姐妹。

是妈妈嘴里，我们这份上辈子修来的福分。

——李念

第五部分

学生党

过桥

公
MR.

徐希寄说：“我表妹的语文书上尽胡说。”

一颗毛茸茸脑袋凑过来，是李同。

他问徐希寄，“怎么胡说？”

徐希寄：“书上说寒号鸟是鸟。”

李同：“怎么我们小学语文好像没学过这个？寒号鸟是什么？”

徐希寄：“大耗子。”

李同坐回去，拿起生物试卷，“真羡慕，保送生才有时间瞎操这心。”

离高考还有二十七天，县城一中附近那片小租房已经涨价到三千五一个月，然而依旧有家长争先恐后抢一段几十平所谓“好地段”。

下第八节自习的时候，徐希寄收拾好书包站起来，椅子移动的声音在只有纸页翻动的教室里尤为突出，周遭同学纷纷抬头，见是他，转眼又埋进厚重书堆中。

路过李同的桌子，徐希寄轻声问：“你今天回家吗？”

李同抬了抬眼镜，厚重镜片后的眼睑下略带乌青，“不了，我妈晚点送饭来。”

徐希寄“嗯”了一声，离开了一室默默苦读的学子，及窗缝中漏泄的昏黄夕阳。

校门口也站着许多手上提保温桶的家长，三三两两躲在树荫下，见到有人出来，就会伸头看一下。

徐希寄从他们身边走过去，少年背影清癯单薄，单肩背着瘪塌的空落落书包，有成年人的眼神投过去，暗暗发出不赞赏的误解声音。

五月的夕阳已经隐约有灼人之势，光下的影子都被拉得奇长扭曲，一时间县城里一切都围绕着高三考生转，人人都在整装待发，等背水一战。

徐希寄从裤口袋里掏出零钱，点了点。

今天表妹生日，不能去舅舅家蹭饭。

算了，家里还有鸡蛋青菜，煮把面条对付一下。

徐希寄的家原本不在小县城，只是高一时父母感情不和离婚，各安天涯。母亲把他送到小县城，之后一直在外独自打拼。

他并不住在舅舅家，虽然他们答应照看他。

回到自己租的房子，徐希寄放下书包，走进厨房后，熟练地择菜煮面。

冰箱里放了昨天切好的西瓜，鲜红翠绿被遮盖在保鲜膜下，水果的呼吸在薄膜上凝结成一片鲜甜白雾。

狭小的房间里，小风扇呼呼吹着，门外偶尔能听到摩托车发动机发出的声音。徐希寄支着两条长腿，坐在凉席上吃面条，额上缀几颗汗珠，将落未落。

他是县城一中保送名单里的第一人。

不用再日夜头疼如何在八百字作文里抢一分，不用再思考黑藻叶片的叶肉细胞中液泡呈何种颜色，甚至不用让自己爸妈讨好老师来获取某些微末信息。

错过这一场生死比斗，站在终点，抄手看人厮杀。

不是不骄傲的。

母亲也很高兴的吧。

他面前的笔记本还是四年前的旧型号，里面正播放新一期Discovery，时时卡顿，显示硬盘磨损。

徐希寄早已计划好，高考之后，打工几个月，换一台新笔记本。

他靠在粉刷太久的墙上，眼见屋顶被侵蚀的纹路深沉，不远处的厨具只有一只电炒锅，一只碗一副筷。无一不是冷硬粗糙。

终于快要到告别。

复齿鼯鼠，又名寒号鸟。系昼伏夜出动物，性情孤僻，喜安静。一般一洞一鼠独居。常在陡峭的石缝、树洞等处营造巢穴。并没有小学课本上所说的漂亮羽毛。

徐希寄也是这样一只啮齿动物。

他想，等高考结束，就能离开这个地方。

离开这一段躁动而无助的年华。

第六部分

夫妻

中华人民共和国
结婚证
中华人民共和国
结

◇

火锅的奥义

许勍璐
（26 岁）

你知道怎么在家做出完美的火锅汤底吗？

我之前也是毫无头绪，不过我在网上查了很多资料，试过很多次……

对，没错，网上什么都有哦，火锅做法什么的，很多网站都写得很详细呢。

我家边上的小巷里有个特别大的市场，里面基本什么鸡鸭鱼羊果蔬都有，所以购买材料对我来说很方便。

做一锅完美火锅的第一个要点呢，就是汤底。

很多人做汤底是白水加点香料就算了，其实不是这样的呢。

好的汤底，需要一锅高汤，高汤并不是专业厨房的专利，家庭厨房里的高汤可以选用一些平时会浪费掉的食材来做，比如鸡骨架，因为鸡肉可以作为下锅的食材，那剩下的鸡骨架就刚好可以用来熬汤，除此之外猪筒骨也是熬高汤的好食材，添香添鲜，加上刻上十字星的香菇、打好结的海带、削得规矩乖巧的白萝卜、以及晶莹通透的番茄切片。我爱吃清淡的，就不放红油辣酱这类的，只和桂皮、八角、香叶一起丢进沸水里慢慢熬煮。

看着家中的厨房冒着暖暖的白汽就好开心呢！最近丈夫工作忙，我们已经很久没有在家开过火了。好不容易今天约定了一起吃火锅，我就想做一锅特别特别棒的火锅给他。

趁着文火慢熬出汁的时间，可以开始着手准备火锅的第二个要点，食材啦！

食材没什么讲究，当然是自己爱吃什么就买什么呗，只要保证新鲜就好。

新鲜的食材很好辨别，没有过分的软榻，没有可疑的斑点或发烂的气味，看上去有光泽，颜色，形状饱满，有食物本身自然的香气就行了。

而火锅是热闹的食物，一锅各式各样的食材挤在一起看上去就好温暖。所以每一样买一点也没所谓。

丈夫喜欢吃牛肉和茼蒿，我特意去市场选了带一点油花的牛肉，入口会更嫩滑。而茼蒿，好的茼蒿不用凑近就能闻到那股特别的香气，因此也很好挑，相熟的摊主都知道是我家那位爱吃，笑嘻嘻的与我开着玩笑。

牛肉片好，茼蒿洗净，杏鲍菇一个个切整齐摆好，金针菇、蟹柳棒、毛肚、芽白、鸡蛋，一样一个盘子，摆满了桌，锅子架好，即使两个人吃也变得很热闹。

其实……一开始我也不是自己选择当全职主妇的，我明白现在的女孩子一定要有自己的一份收入。

但是，当外面的世界竞争那么激烈，而家里因为没有人打理而变得没有家的感觉时，我还是选择回来了。他已经那么忙那么拼命了，总要有个人在家里替他守候、打点。

这么说，其实我也是心甘情愿。只是看着他的脚步走得越来越高、越来越快，站在原地的我总是有点点害怕，也说不清是害怕什么，也许是因为一个人在家的日子太多而寂寞、孤单吧。

哦对了，他刚刚有打电话回来说，晚上临时有事，不回来了，让我自己好好吃饭。

辛辛苦苦准备了这么一大桌，怎么能不好好吃呢。

还是要谢谢你，听我唠叨这么一大堆，因为一个人吃饭实在太难过了。

◇

喜帖街

叶萱
（30岁）

两点三十分。

分针指向下方，约定的时间已经到了，可约定的那对夫妇还没出现。

秋天的落叶接连划过窗外，我在屋内无聊的打着转。

餐桌上还摆着三盏精致的茶具。镶着金边的西式小茶杯，绘着茶花的白瓷骨碟，以及那乖巧的银色小茶匙，一样一套，稳稳的放在暗绿色的桌旗上。

厨房里大大小小的黄铜锅具整齐的挂在一面收纳墙上，是我今天上午来将它们擦得锃亮。

“老婆！帮我扯个保鲜袋过来！我肉切多了！”

“呀，我不是叫你只切一个拳头大小的量吗？”

“那是你的拳头，我拳头大……”

有些暗淡的午后阳光投射在这厨房和餐厅的地面上，空气中的灰尘在阳光下静静的漫舞。

我好像又看到与他曾经在这里生活的样子。

门铃响起，我看见他带着那对想要买这所房子的夫妇上楼来。

自我们签字离婚的那天起，这里已经三个月无人问津了。

“你好。”

“你们好。”

我与面前这对看上去便幸福洋溢的新人问好，却默契的与站在后面的他互相回避着目光。

“好漂亮呢……”我听见那对夫妇低声说着，他们正在参观主卧的布置，在他们来之前我已经整理打扫过整间房了。

“这边的衣柜都是精选进口的，实木的。”我向他们介绍着。

其实何止这柜子，那梳妆台，踏脚凳，小夜灯，无一不是我与他走遍各个家居卖场，精挑细选，反复斟酌。为了满足过去那一百次对未来小家的想象，也曾经抱着瓷砖样片依靠在互相怀抱里兴奋诉说。

可惜我没猜中这结局。

当两个人看向完全不同的方向，不能再携手，也想做到和平告别。

与这对买家夫妇的谈话间，我瞥见他，他瘦了，一个劲的站在阳台上抽烟，沉默寡言。

当初细心灌溉浇筑的爱巢，如今拱手售作新人房。

大概离巢分飞的人都很难大方吧。

我知道人生下来便是孑然一身，一丝不挂的来，一丝不挂的去。

我们互相寻觅，再体会别离。当别离的刀割够我们的肉后，又再一次不能抵抗的投入寻觅。

人一生，大多数苦痛都是只能独自体会的事，可上天偏要赐予我们渴求爱和拥抱的本能。

这没有救赎我们，只不过将一份痛苦拆给两个人尝罢了。

一如搬进来时的皆大欢喜，仿佛全世界都不可能有人比我们更幸福，却没有想过也有一天要去接受这座堡垒的倒下。

傍晚送那对夫妻离去，他们很满意，来买下这所房子也就是这两天的事。我看着他们手牵着手离去的样子，心中百味交集。

世界上这么多对夫妻，有几对能有机会站上白头到老的风景线。

“这个给你。”

黄昏下，他走过来，将曾经这个家的钥匙交还给我，夕阳把我和他的身影拉得老长。

一条路，各站一端。

“你之前是不是问过我要以前的合照？”他正准备走，又转身回来问我。

“是吗？我不记得了。”我笑笑，生怕红了眼，转身走了。

◇ 这么近那么远

徐青
（31岁）

我是一个普通的上班族。

每天工作时间是8小时，但经常会加班到10-11小时。

和晨曦一起醒来，与夕阳一同归去。

累是累，但是赚钱养家，是我的责任。奔波打拼并不是一件苦事，因为至少生活还有一个奔头，一个向着美好生活努力的奔头，为了我和她的小家而努力。

也不知道老婆每天都在家干嘛。

我和老婆是大学时同系的同学，我比她大一届，毕业三年后，我用自己挣来的钱付了房子首付，到现在，结婚已经六年了。

老实说，能够娶到她，是我最大的福气。

她很有活力，对什么事都充满了激情。在她身边，会感觉世界的每一个细节都变得可爱，这就是她的魅力所在。曾经的我比较沉闷，和她在一起，就仿佛找到了情绪的出口般舒服。

婚后几年她一直做着自己喜欢的工作，收入不高，养家的担子就由我来挑，今年她辞职在家写作，而我每晚回家就能见到她了。

看她能自由自在的做着自己喜欢的事，我很开心。

不像那些凑合在一起或是为了各种原因草率结合的夫妻，我们很幸运，是因为真的爱对方才在一起。

当年站在喜宴红毯的一端，我以为我很清楚的了解对面是什么。

然后好几年才慢慢体会到婚姻带来的变化。

早高峰的拥挤、正午的烈日、晚归的寂静。

我知道回家总会有一个人在等我，这一点是生命中最确定的温暖。

可渐渐的，你就开始忘记了日复一日的忙碌的意义所在。

现在我明白，麻木的感觉会让人忘记初心。

当某些事情变得完全的确定，它也许就会因此失去魅力。

今天，我因为工作上的失误而遭到责难。回到家，闻到了饭菜香，她在家等着我一起动筷子。

“你回来啦！今天我买了排骨，我好像好久没有做糖醋排骨给你吃了。”

她替我拉开凳子，我松了松领带，并没有感觉好点。

“你怎么啦，好像不高兴？”六年的婚姻，让我们任何一点情绪都逃不过对方的嗅觉。

但我不知道怎么开口说，我不知道该怎么样跟她说明“药改”、“上量”这些行业里的词汇，她也听不懂。

“没有，我就是觉得好累……”一堆话在心里翻腾了一遍，最后换成了另一个理由。

“那吃完饭我给你捏下肩膀！”

她一边收拾碗筷一边轻快地说着一些家长里短的小八卦。

我看着她的笑脸，心里想着这一切真的还是有意义的，对吗？

夜晚躺在床上，她躺在我怀里要我给她讲讲我今天都干了些什么累着了。

我避重就轻的说着一些诸如公司食堂换了厨子这类的话题，转头再看，她已经静静的在我怀里睡着。

终于这样安静的夜里，只剩我一个人。

我很清楚的知道，我是从心底里爱着我的妻子。但我却不能明白每个这样的夜晚，我脑海中那模糊不清、嗡嗡作响的思绪是什么。

或许真的像诗里说的那样。

至近至远东西，至深至浅清溪。

至高至明日月，至亲至疏夫妻。

第七部分

小孩子

宝贝，爸爸
你自己一个人在

在加班，

◇

你见过孤独么

林子见
（16岁）

我永远记得，初一拿到期末成绩的那天晚上，我妈看完我的成绩单，对我说的那句，连成绩都不如隔壁那小子，怎么不去死啊。

我低着头站在原地，没有辩解一句，因为我成绩不如隔壁那小子，的确是事实。可是，我妈不知道的是，整整一学期我都在努力，努力成为能让她骄傲的儿子，这也是事实。

只是，她眼里只有成绩单上的那个分数，对我的努力与进步全部视而不见。

现在回想起来，那个暑假，是我过过最累，也最难熬的暑假。除去暑假作业，每日还要去补习班背回一沓厚厚的试卷。楼下的小伙伴大声喊我的名字，邀我一起去踢足球，我还未放下手中的笔，我妈就直接替我拒绝了。

初一下学期期末考，我成绩不仅高于隔壁那小子，还是整个大院里的第一名。我妈喜笑颜开，拿着我的成绩单，逢人便给他们看。我尴尬地站在她身旁，听她告诉他们，她教出了一个如此优秀的儿子，脸上倍有面子。

我第一次意识到，原来在我妈心中，最重要的，是她的面子。她甚至忘记给我一句夸奖，一个拥抱，一次认同。她永远不会知道，在我的精神世界里，缺了一份来自亲情的温暖，它常年一片空白，照射不到阳光，孤独的可怕。

九岁时，有一次我发烧，我妈把我送到诊所，体温计还在我的胳肢窝里，她转身就去上班了，理由是请假要扣一百多元钱，迟到要扣五十多。

那天我烧到三十九度多，整个脑袋都是迷迷糊糊的，除了繁忙的护士会帮忙换点滴瓶之外，我都是独自一人。独自一人拿着点滴瓶去上厕所，独自一人拿着点滴瓶去倒水喝，独自一人饿着肚子看着旁边的小孩有父母喂着饭，哄着陪着。

吊完点滴，护士跟我说交完钱就可以回家了，我坐起身，下了床，摸遍了口袋，才想起我妈根本没给我留钱，我只能坐在诊所门口，眼巴巴地等着她来。最后她来了，但是是晚上八点多来的，她一边掏钱一边跟护士说，她辛辛苦苦加班，而我只会给她添麻烦。她完全忘记了，或者说不关心不在意，我发着高烧，饿了一天的肚子，等了她整整一天。

之后我生日，考了她想要的分数，她问我想要什么生日礼物，我说，我想要的生日礼物，就是在生病的时候，能有人陪着我，而不是为了所谓的一点点钱，将我一个人丢在诊所。

那一刻，她有些羞恼，尖声说，她这样拼了命的赚钱，还不是为了能让我衣食无忧。说着说着，她开始捶胸顿足，说她在学习上百般逼我，还不是希望我能出人头地，将来有出息。

她说，她一切都是为了我。

我无法反驳她说的话，但同时，我也时钟无法理解。

我唯一庆幸的是，幸好，现在的我已经习惯了一个人，习惯了精神世界里的那片空白，习惯了没有温度的孤独。

生日愿望

袁巧
（9岁）

明天我就要满十岁了。

我最大的愿望，就是希望爸爸妈妈的重归于好。

爸爸搬出去有好几天了，妈妈不让他回家。

今天晚上，爸爸好像想过来带我去庆祝生日，可是妈妈说什么也不同意，三推四推想把他推走，我躲在墙边，看到他们俩又吵了起来。

这也不是第一次吵架了，他们的争吵就像家常便饭。

是从什么时候开始的，我不记得了，只知道从我有记忆以来，他们就始终有矛盾。

我爸爸生起气来的样子，真的好恐怖。

他挥着手打翻了柜子上的相框，和妈妈大声争执着，而妈妈则一直嚷着要他出去。

家里的大门没关，楼上楼下的邻居经过都要往里瞧一眼，盯得人瘆得慌。

我躲进了房里，踮起脚把门锁上。

我的毛绒玩具熊躺在我的床上静静的看着我，它有着软软的绒毛和黑豆一样的眼睛，脖子上系着一个蝴蝶结，像西方动画里的绅士。

每一个这样的夜晚，都只有它陪我度过，它是我的伙伴。

我走过去抱起它，趴在了床上，我有点想哭，又努力不让自己真的哭出来。

屋里的灯渐渐暗了下去，我抬头看向窗外，树的影子在窗外张牙舞爪，风把窗户吹得阵阵响。

我赶紧把门打开，外面一片黑，爸爸妈妈也不见了。

“妈妈！爸爸！”我害怕极了，大声喊了起来，“妈妈！爸爸！你们在哪！”

没有人回应我，我甚至听到了自己的回声。

这是怎么回事？

我在客厅里慌乱的转着，客厅却一下变得好大，墙壁被拉成没有尽头的迷宫，家具们纷纷变得巨大，开始像恐怖电影里面那样长出奇怪的手和脚。

这好像不是我的家了。

“妈妈！爸爸！”我感觉自己快要哭出来了，再次大喊着。

“你爸你妈都不要你了，你还喊什么？”

邻居的头从我家柜子里伸了出来对我说。

他用一种毛骨悚然的眼神盯着我，就像之前朝我家张望那样。

我极度恐惧，想攥紧拳头，却一用力抱紧了某个软软的东西，我低头看。

是我的玩具熊。

它伸长了它毛茸茸的手，一把将恐怖邻居推回了柜子里，又掏出了一把剑，劈开了所有正在诡变的家具们。紧紧的护住了我，它是这个黑夜里我唯一的伙伴。

此时爸爸妈妈也从门口跑了进来，客厅灯亮了，一切都正常了，我哭着跑向他们。

“怎么了宝宝？没事没事啊，爸爸妈妈都在这里，爸爸妈妈不离开你。”

爸爸不再面红耳赤，妈妈也不再大吵大叫，他们看上去都好温柔，好爱我。

我惊醒了。

因为一个烟灰缸砸到了我的房间门上。

客厅里，他们还在无休地争吵着。

我低下头，怀里的玩具熊被我的眼泪浸湿了。
好像它也哭了一样。
明天就是我的生日了，可我想许的愿，是不会出现奇迹的。
我爬上床，关了灯。

黑暗里，只有我的玩具熊陪我。

星星的璀璨夜空

刘丽
（33 岁）

我认识一个小女孩。

她在孤儿院呆了三四年，今年十二岁。

她父母去世时，她年仅九岁，好心的邻居把她送到了孤儿院。

起初她是活泼的，能跟其他小伙伴在一起玩耍。可当她半年也未见过父母后，她便从大吵大闹过渡到沉默寡言了。

唯一会开口说的话，是逢人就问，为什么会不见，爸爸妈妈为什么会不见。

在我去孤儿院看望小孩的第二年，她也问过我。

我与她同坐在院子里的石凳上，她盯着脚丫子，轻声问的。

即便我与孤儿院的阿姨编了许多理由企图安慰她，可还是无法阻挡，她把家人的不见，定义为她被抛弃了。

2013 年 11 月 27 日，长达一个星期未开口说话的她，被医生确诊患上了轻度自闭症。

我去看她时，她躺在那张小小的床上，眼睛望着窗外那棵叶子已经全部变黄凋零的枯树，

像一只失去了支柱，再也无法迎风起飞的破损风筝。

我走过去，自顾坐在床边，顺着她的目光一起望向窗外，一坐，便是两三个小时。

我只能用这种最简单的方式去陪伴她，去带给她一丝丝安慰。

夕阳西下，仅剩的余辉从窗外洒进来，照在她的脸上，竟给了她些许生气。

然而令我未想到的是，她忽然开口说话了，虽然她的声音轻到细小若蚊，但我还是听见了。

她说，她想爸爸妈妈了，好想好想。

我心里一酸，俯身抱住她，告诉她，她的爸爸妈妈肯定也很想很想她。

她轻轻嗯了一声，几分钟后，又摇了摇头，红了眼眶，问了一个我无法回答的问题。

她问，如果她爸爸妈妈也想她，那为什么不来看她呢，她一直在这儿，没有走远啊。

我记得那天，她睡着时，枕头上湿了一大片。

2014 年 1 月 8 日，孤儿院院长带着她去了她父母埋葬的地方。

院长紧紧牵着她的手，悲伤而又坚定的告诉她，她不是被抛弃的，只是她父母在这里睡着了，所以才无法来看她。

我站在一旁，听见她问，那她父母什么时候会醒来。

院长蹲下身，看着她的眼睛，微笑着说，她父母已经在天上醒来了，正在天上看着她。

她似信非信，像似寻求肯定似的，转头看了我一眼，我不由自主地点了点头。

她有些欣喜，嘴角竟露出了浅笑。她走至我身边，拉住我的衣角告诉我，她没有被抛弃，她不是被抛弃的。

我伸手揉了揉她的头发，一时竟不知该开心还是该难过。

她抬头看着天空，喃喃问道，那她想爸爸妈妈的时候，是不是看着天空就可以了。

我记得那天，她回到孤儿院时，搬了一把小凳子，坐在院子里，抬头看着星空，把两颗最大最亮的星，定为了她的父母。

2016 年 6 月 29，因工作需要调离那个城市三年多的我，忽然收到了她寄来的信。

信的内容是一幅画，画着挂满了星星的璀璨夜空。

画的右下角，落着她的名字。名字旁边写了一句话，她说，她不会再难过了，因为她现在拥有了很多“爸爸妈妈”。

第八部分

亲情

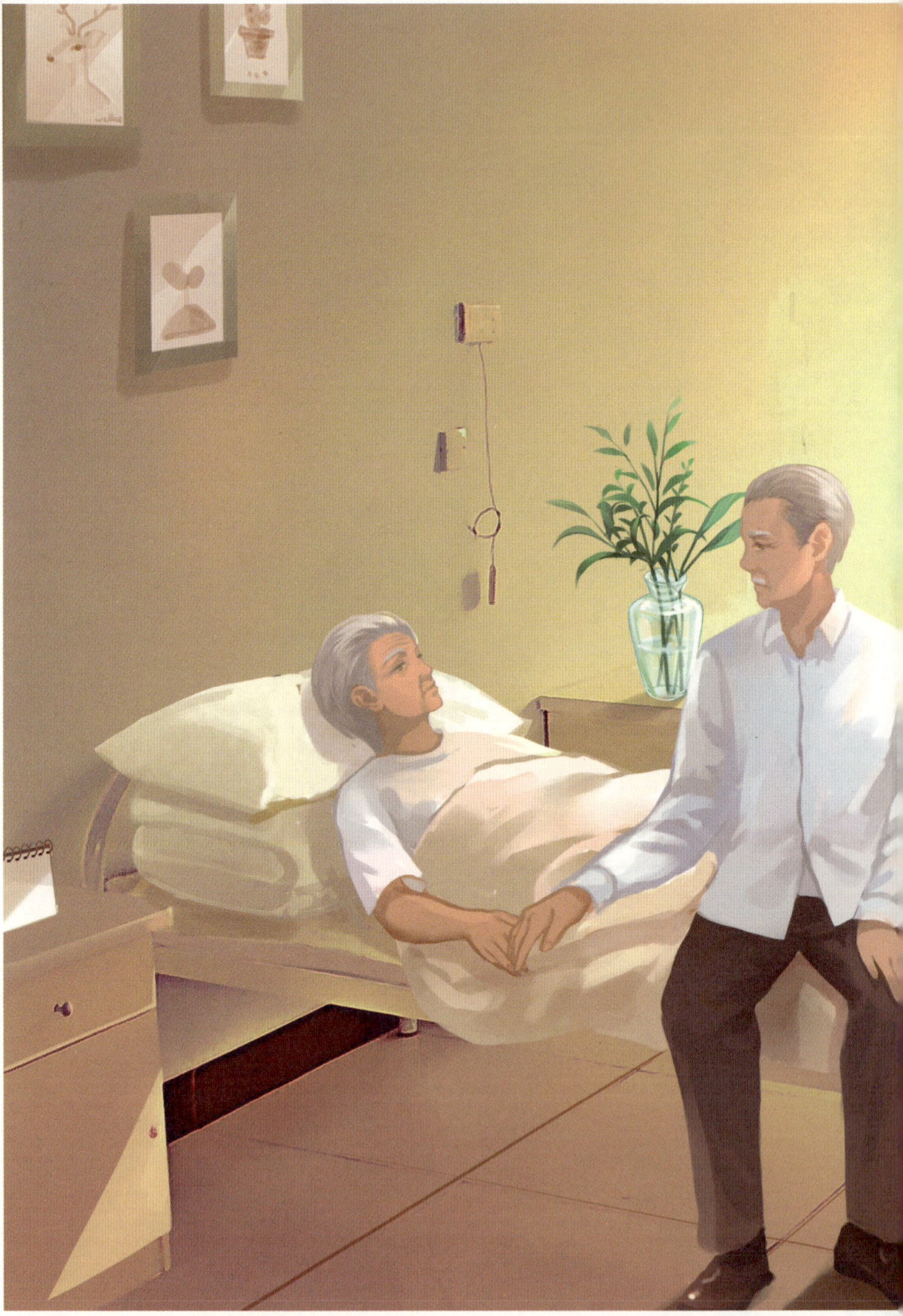

C0317室

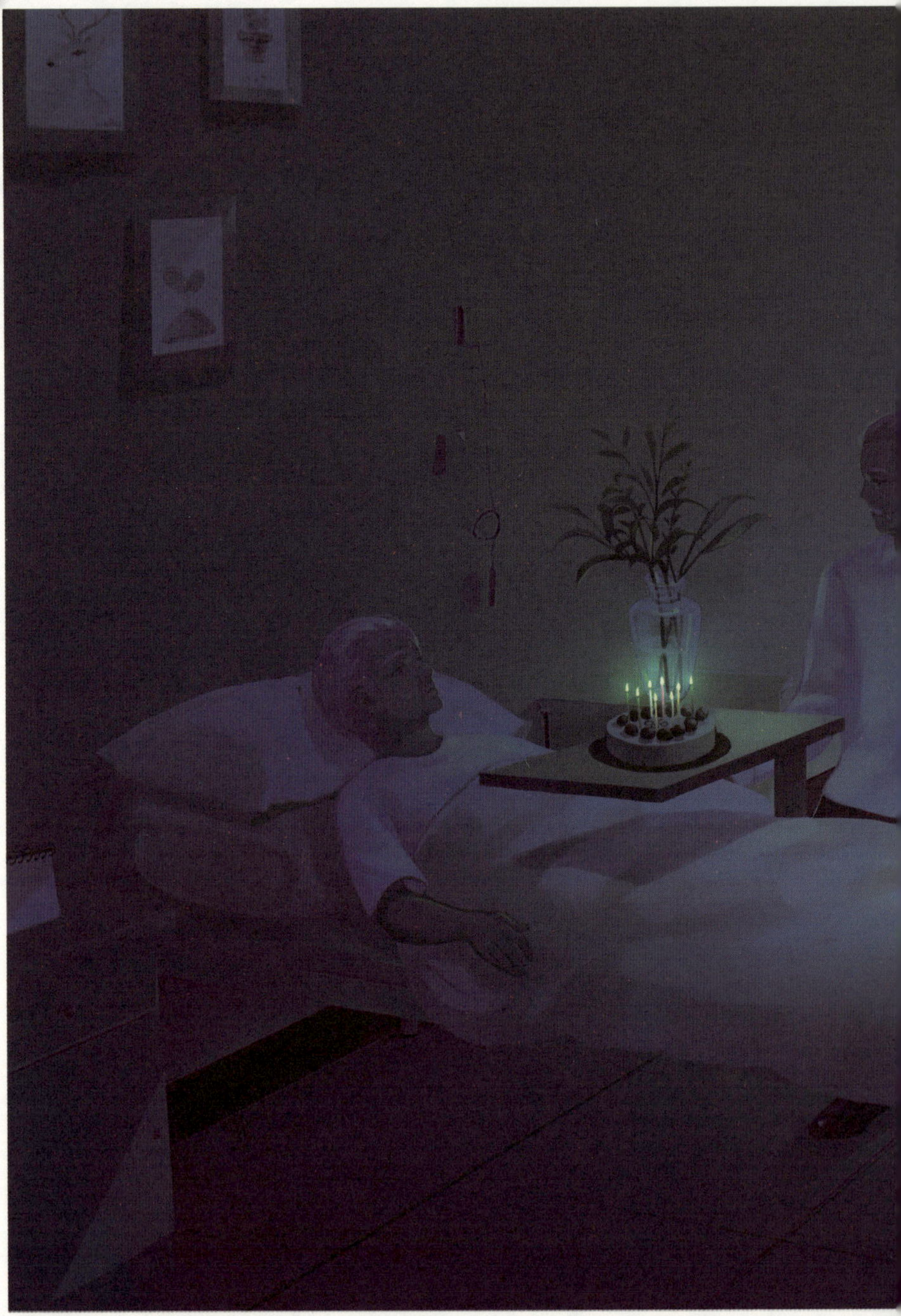

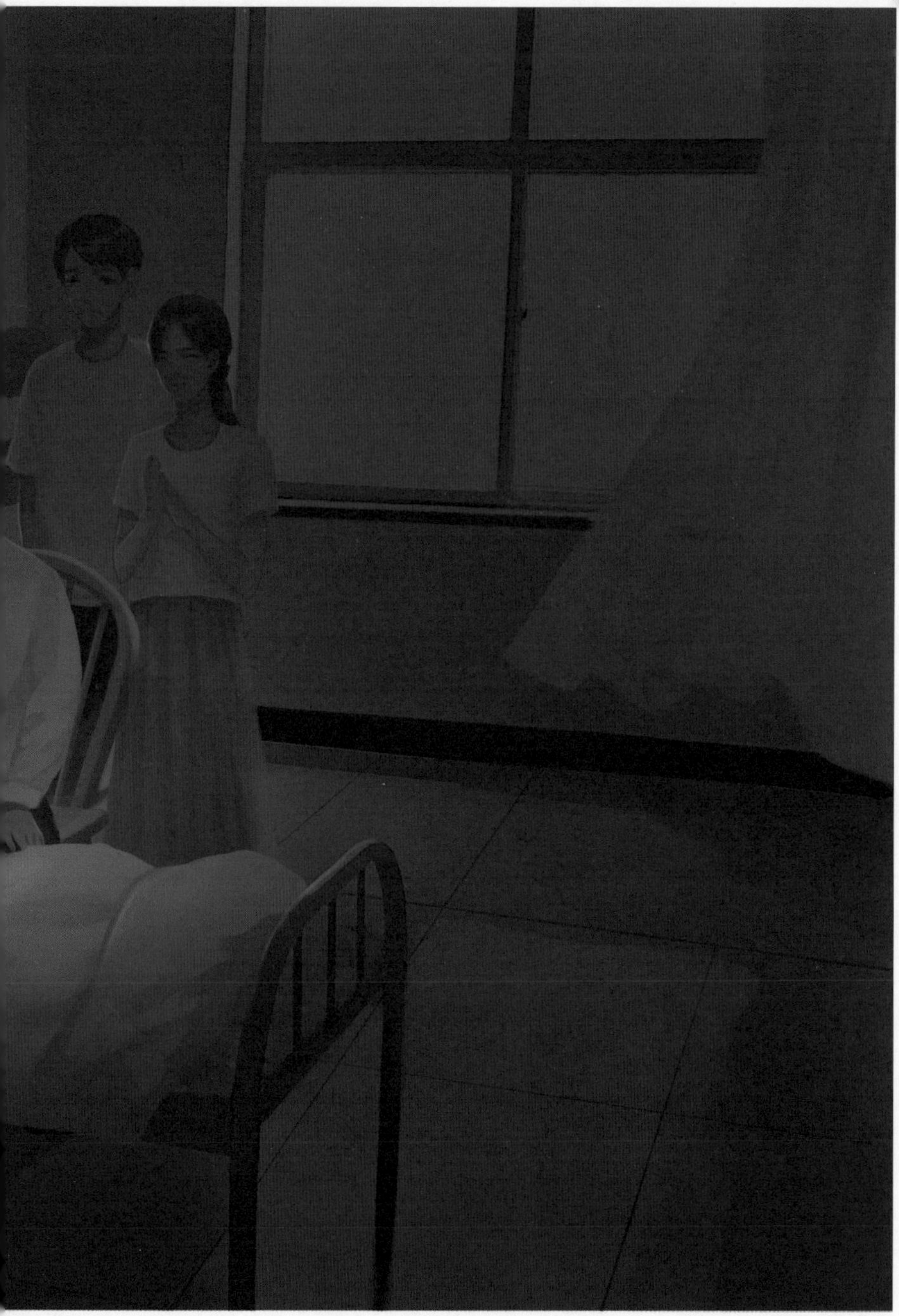

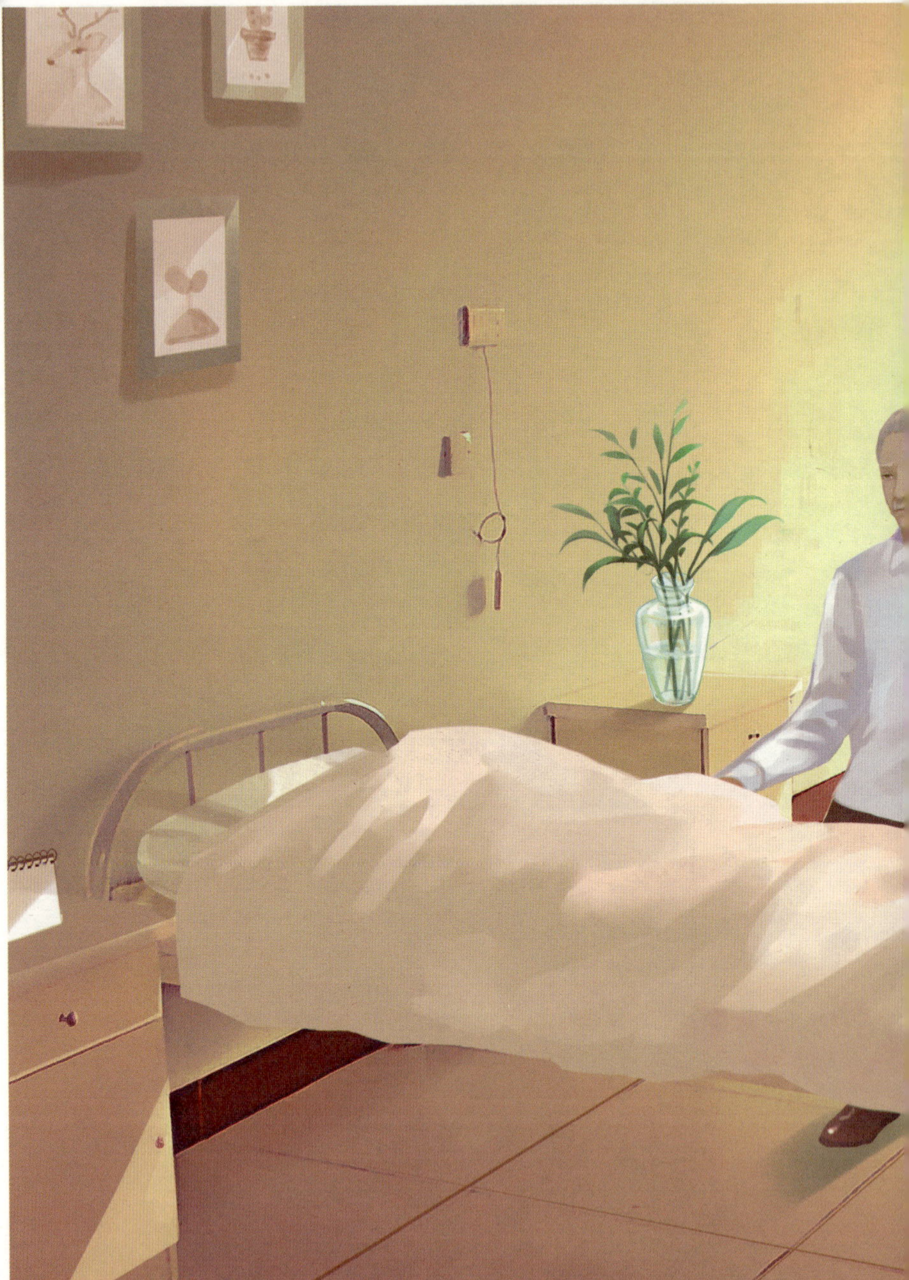

先室李氏之

◇

心为形役

周凛
（28岁）

周凛的父亲于茶之上，独独喜爱涌溪火青里的云雾爪。

颗粒细嫩重实，色泽墨绿莹润，银毫密披。冲泡形似兰花舒展，汤色杏黄明亮，清香馥郁，味浓甘爽。

周凛坐在客厅里，手上有根点燃的烟，火星明灭，烟雾缓慢腾起，纤细袅娜。

本是夏叶郁郁的时节，窗外却有大雨滂沱，几近淹城之势。

父亲又在大倒故瓶旧酒，从前清说到现今，从古时茶叶丝绸说到当下南北政治，末了又以老套的怀才不遇、未得赏识作为演讲结局。

“我跟你讲，当年他们不用我，那是他们的损失。”

周而复始，周凛感觉自己的耳朵已经要起茧。

周凛的父亲是个老派的文人，每逢周末休息，只在家独自宅着，电视里永远只放新闻时事频道。除此之外，间或看一本书，泡两壶茶。

周凛从小被父亲熏陶，识得金芽藏俏，翠羽香暗，也能随手写下“铫煎黄蕊色，碗转曲尘花。”

成年后的周凛更深知茶市暴利。

老头子好一口香茶，却并不支持周凛的事业。

此时茶汤刚过了滤网，倍显柔润，蒸腾出恰到好处的香气。

“让你大学毕业好好考公务员，你偏不听，要下海，说赚钱。这才几年，不过挣了丁点小钱，就拽成了二五八万，招呼亏得裤子都要赔掉。”

“爸，您想太多了。”

老头子一拍桌，吹胡子瞪眼，“我想多了？你就等着吧！把你养这么大，我还不知道你是个什么样的人？”

“那您给说说？”

“自以为是，败絮其中！”

老头子早年下海经商，被合伙人狠狠坑过一笔，之后多了一块疮疤，引以为耻。一朝被蛇咬，十年怕井绳，老头子对经商一道再无好感，所以对在外打拼的周凛也顺带置气。

周凛的母亲过世得早，那时候老头子还年轻，又翩翩儒雅、气质上佳，有大把吸引异性的资本，却始终没有再娶。

他独自一人辛苦抚养周凛长大，难免控制欲强，偶尔还会到达不能变通无法交谈的高峰。

不太妙的是，周凛几乎从父亲那里继承了一模一样的脾气。

但他同时也是一个极其自律的人，对家人异常包容。

毕竟老头子总是一个人在家，周凛也还没结婚。享受不到天伦之乐，有些怒气也是应当。

周凛起身，走到客厅一角。

那里供着周母的照片，照片里的人长发垂坠，脸颊带有微微笑意，数十年如一日的恬淡美丽，无论何时看去，都像一朵将将打开的花苞。

周凛点了柱线香，插在照片前面的香炉里，又拜了两拜。

再回头看去，老头子的视线停在母亲的照片上，略显浑浊的眼里带着隐晦感情，仿佛之前的怒气于一瞬间被掐灭，烟消云散。

多年来父子之间的相处除却小时候牙牙学语，其他时间几乎都是对峙。老头子这两年检查出高血压，周凛生怕他犯病，只能祭出没见过几面的母亲。

对待发火的父亲，没有什么办法比这更有用了。

周凛回沙发坐下，端起一杯茶径自喝下。涌溪火青，柔如初雪轻如风。

“别老发火，妈要是看到你高血压犯了又该不高兴。”

老头子低着头，伸出布满褶皱的手，摸了摸沙发上柔软真皮，有些轻微颤抖。

“要真能见到她呀，我倒是愿意早点下去。”

夏之日，冬之夜，百岁之后，归于其居。

正煽着情，偏偏有周凛不合时宜的接话。

“呸呸呸，连孙子都没抱，说什么瞎话。”

昼海夜灯

周定嘉
（19岁）

2004年，戴妃车祸首次审理，美国圣海伦斯火山喷发，埃及闪航在红海上空坠毁，莫斯科发生地铁自杀爆炸事件。

天天有猜火车教徒吸毒卧轨，时时有绿盘催股民赶紧上天台走向另一场速死博弈。

然而，谁会猜到，年底还有压轴一场海啸呼啸而来，摧枯拉朽，剥夺生命。

周定嘉坐在“潮记鱼蛋面”的最角落位置，四四方方几十平，充斥着小流氓嘻嘻哈哈吹水叫骂的下流话，食客各自吃得热火朝天，独他面前一碗鱼蛋面已经上了半个钟头，糊得汤水不见。

电话那头有持续干扰的电流声，和一道僵硬暗哑男声，“Vincent，那边一直无法正常通讯，仍旧联系不上你父母，抱歉……”

……

周定嘉挂断电话，身体向后仰，靠在油渍模糊小椅子上，紧闭双目，眼皮微微颤动。

不过片刻后又睁开，因店里有二十五寸彩色电视，播报海啸后苏门达腊满目疮痍，遍地狼藉。

黑色海浪围筑成一张厚重裹尸布，把无数岛屿埋葬在其中。灾后千里浮尸，却又管你姓张姓梁，哪怕片衣寸缕，也遍寻不见。

周定嘉生于江南，幼年抵港上学，直至成年，才脱离一群幼齿学生日日嘲讽“大圈仔”的光环。

周父周母做远洋渔运，常年在大海中一去多月，靠此谋生。

因此，一家人聚少离多是常态。也因此，夫妻双双在海啸中失联。

已经是第二十七天。

“这是自 1964 年阿拉斯加耶稣受难日地震以来最强的地震，震源位于苏门答腊岛西 160 千米水下 30 千米深处……”

一向温暖的香港近日气温却难得跌至摄氏十度，伴有微雨。周定嘉拥紧身上旧年大衣，眼珠在单薄眼皮下一动不动，直直盯着新闻里独家播报目前截止海啸中伤亡人数。

有店员走过来，往他面前看一眼，敲敲桌，见周定嘉点头，又匆忙走开，往别处收拾残羹剩饭，原来是店里客人又换了一批。

理智和思维的血肉回笼，周定嘉终于动筷子，开始吃快要冷透的鱼蛋面。

鱼丸涩口，章鱼肠失温后渐渐收起开边，周定嘉囫囵吃两口，招来店员买单。

临走到门口，他顿住，向发福谢顶男老板要了一根烟。

关上门，隔绝一室喧哗热闹。店外街边，雨势渐大，不时有疾驰车辆往路边溅一蓬腥臭污水，镶小灯的红绿招牌在各个街巷即将开始新一夜闪烁。

雨水打湿额发，耷拉下来遮住眉眼，旧大衣难免进水，显得笨重。刚刚褪去稚嫩外壳的少年穿梭在熙熙攘攘人群中，像一只无主的动物。

最终，周定嘉拎出钥匙，打开租屋带锁铁门，带回的水渍通过球鞋压在地板上，发黄泛黑。

如他出门前一般，空无一人。

《返老还童》里说，不顺心的时候，你可以像疯狗一样发狂。可以破口大骂，诅咒命运。但到头来，还是要放手。

生活何止不顺心。

只能寄希望于无数个黄昏殆尽前一分钟，能接到遥远电话，里头传来老豆声音如旧：“衰仔，有没好好吃饭？”

第九部分

孤寡老人

福

“喂，爸？我晚上跟同事有聚会，就不回来吃饭了啊。”
“你妈做了很多你喜欢吃的菜……”
“你跟妈两个人吃吧，就这样，我挂了啊。”
嘟嘟嘟……
“唉……”
福

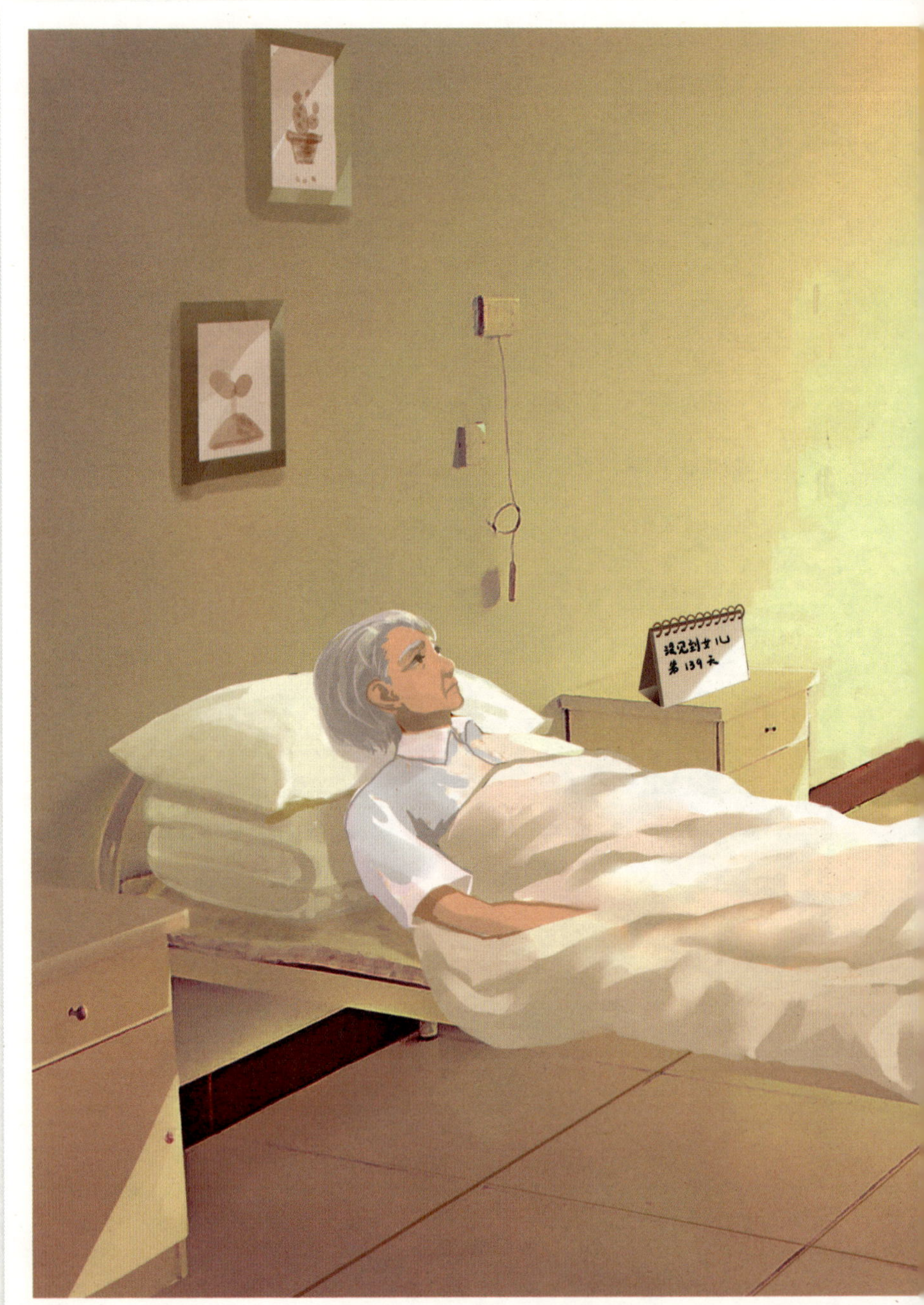
没见到女儿
第139天

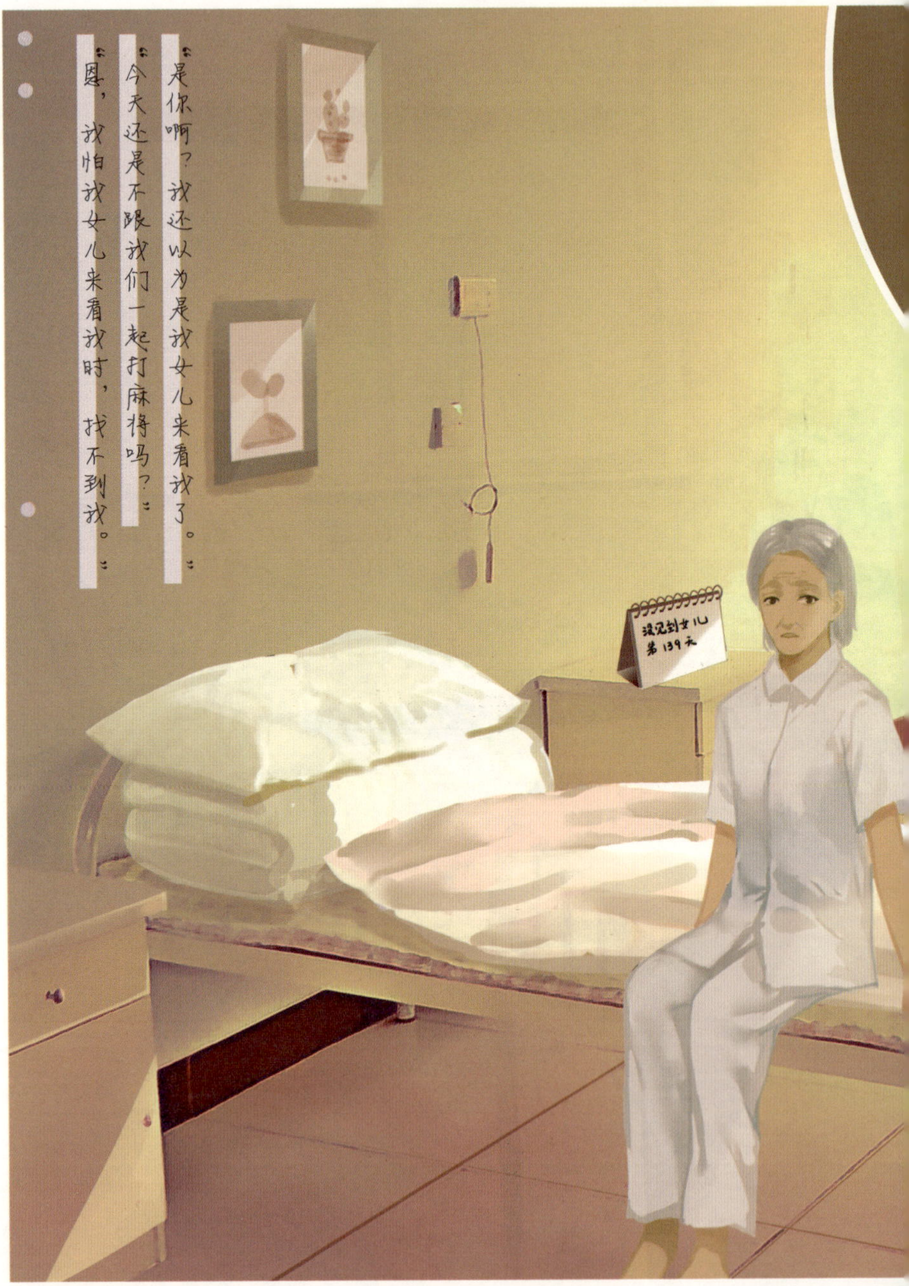
“是你啊？我还以为是我女儿来看我了。”
“今天还是不跟我们一起打麻将吗？”
“恩，我怕我女儿来看我时，找不到我。”
没见到女儿
第139天

“咪咪，这电视播的内容可真无聊。”
“喵……”

◇

恶邻

邱庆荣
（80岁）

“你俩不要斗嘴了！整天夜里夜里不睡觉……影响其他病患休息。”

护士小姐又来训话了……

“赶紧把药吃了！”

每天晚上9点循例查房，免不了要挨顿骂，谁让我邻床那老头那么招人厌呢，不收拾他就不舒服。

我住老干病房有一个多月了。

人一上了年纪，什么病都会找上你，三高啦，糖尿病啦，一年进医院好多回，无外乎也就是因为这些原因。

说得好听点叫疗养，说得不好听，那就叫苟延残喘咯。

可气的是，住院都住得让人不省心，我搬来第一天就和边上这个臭老头不对付。

“哎，你是哪里不好啊？”

来的第一天，老子床还没躺稳，他就凑过来了。

“糖尿病，高血压。”我没啥力气搭理他，敷衍的答道。

“不止吧？我看你这气色不大好哦！”

“嘿！我说你哪只眼睛瞧我气色不好了，你气色好？”我坐起身来瞪着他。一个干瘦老头，头顶光秃秃的，不像我，头上虽然全白了，但至少还很茂密。

“我不像你……”他拉长了声音说道，“我只要动个小手术就可以出院咯，你且养着吧。”

我还从没见过刚一见面就这么不客气的邻床。甩了被子，背过他躺下准备睡，打算不再搭理他。

“哎，你睡啦？我开玩笑呢，聊聊天嘛！”他又凑过来说到，“你是老兵？打过仗没有啊？”

“我当年可是去过朝鲜啊！”

“你真睡啦？”

“我说你烦不烦人呐？我跟你很熟吗？”

“你觉不觉得这病房空调效果太差啊？”

……

自从住进这间倒霉病房，这种有一茬没一茬的烦人对话每天都要上演好几次。问题是大多数时候我也忍不住，年纪大了不知道为何还这样好胜，总要跟他争。

从国家大事到菜市价格，没一件不是我们争论的话题。

奇怪的是，一吵起架来，我俩就中气十足，看上去一点也不像病号，每每惹得护士小姐气急跳脚。

这天他不知道又想找些什么话题跟我撩闲，鼓着个铜铃大的双眼坐到我床边上来。

“你家孩子怎么没来过呀？”

“我家孩子在北京做事，忙。”

“诶，那你老婆子呢？”

“关你屁事啊。”我没好气的答道，顺手打开了电视机，想转移下注意力。

“我老婆子去的早……”他突然有点伤感的说，我瞧着他那瘦不拉几的样子，悲伤起来更像只猴子了。

说得好像谁不是老婆死得早似的，我老婆子要是还在我犯得着住这来么。

“那你孩子呢？”我反问道。

“我家儿子在上海做生意啊，我孙子都读博了，一个个都是要干大事的，我叫他们别来看我了，专心事业。”

一说起孩子，这老头眼前一亮，我白了他一眼。

切，一个月到现在都没来看过他一次，好歹我儿子儿媳还来过一次。

他还在没完没了的说着家里的小孩，我调大了电视机的声音，新闻联播正在播南海仲裁案的结果。

他也不说话了，专注的看着电视机屏幕。

“外交部郑重声明，该裁决是无效的，没有拘束力，中国不接受，不承认。”女主播字正腔圆的说着，还没说完那臭老头又插话了：“狗日的，屁大点的乡下地方还敢跟我们争。无耻”

“你不懂，这都是美国在背后给他撑腰，不然就菲律宾这种小喽啰，敢和我们争？”我斜眼瞧着他，耐心的给他指点道。

“美国鬼子有什么好怕的！”他战战巍巍的撸起袖子：“我们志愿军当年还不是打得他们滚回三八线。你瞧！这都是当年的伤。”

他指指手臂上的一些疤痕道：“你看看，这、还有这，弹片伤，贯穿伤，瞧见没有，美国鬼子又怎样，我们就没怕过谁！”

他说着说着又叹了口气：“当年是落后于人，要拼命相搏才行，现在不一样了，我们面包也有了，大炮也有了，再也不怕谁了。”

我不知道这是不是就是老兵的荣耀，我一直是文职，从没打过仗，但从他眼里，还是瞧见了一丝落寞的骄傲。

“一条大河波浪宽，风吹稻花香两岸……”

他拍着腿唱了起来，我突然觉得这老头也不是那么烦人，也不由自主的跟着唱了起来。

好山好水好地方
条条大路都宽畅
朋友来了有好酒
若是那豺狼来了
迎接它的有猎枪

也不知是不是今晚心情畅快，护士小姐也没来阻止我们，就由得我俩在病房里放声高歌。

第二天醒来，我坐起身，发现邻床的臭老头不见了。

不知道去哪里，一大早的……

直到晚上也没回来，我忍不住问了问护士小姐他去哪了。

“哦，他啊，心脏病今天做手术啊。”

护士小姐回答得有些闪躲。我也没再问手术是否成功，我不愿意问。

说起来，我都不知道臭老头他叫什么名字。

电视机打开，新闻联播准时播放，病房里今天就我一个人了。

无聊。

◇

花开了

周沐雪
（73岁）

今天是老头子的生日。

我和我老头子感情很好，虽然没有子女。

不是我们不要孩子，而是我不能生育。

那个年代，医疗条件没有现在这样发达，不孕不育有各种各样的方式手段可以治愈。

我们那个年代，生不了就是生不了。

当我和他最终发现这个事实时，我曾痛哭过，也曾心灰意冷想要离婚让他去和别人组建家庭。

虽然我自己一辈子不能做母亲，但我却不想剥夺他做父亲的权利。

可我家老头子，真的是个特别温柔的人。

那时候我们都三十出头，还处在人生的上升阶段，还有大把选择。

他却坚决否定了离婚的想法。

“没有孩子就没有孩子，我还是要和你过一辈子。”

他说他从来没有一刻想过要为了这种理由放弃我。

在那个年代，生不出孩子，得遭受多少流言蜚语，他为了保护我，竟和一些亲戚断了交。

只为了将那些闲言碎语与我隔绝。

真的是个非常非常温柔的人。

在生活上，也是从不让我吃一点苦。

因为我身体不好，我俩上了年纪后，经常是他做饭，还总专挑我爱吃的做。

我常常对他抱有歉意，他却像个小孩子一般炫耀道：“那是你老头子我厉害，老当益壮，你瞧瞧外面那些老头，几个有我这样的身体素质。”

说真的，这样的瞬间，常常让我觉得恍惚，仿佛一眨眼，他依旧是那个衬衫长裤工整笔挺的小伙子，而我穿着他爱的连衣裙，坐在一边看他伏案工作。

有时看见别人家的孩子已经长大成材，我难免落寞，他却每每能捕捉到，反而变成他来安慰我。

“你瞧养孩子多麻烦，好不容易长大成人了，还得备钱给他买房置嫁妆。”

“你瞧咱俩人多洒脱，钱就咱俩花，中国还有什么地方是我们没去玩过的。”

他每次这样说，都一边笑，一边小心的看着我的眼睛，生怕我再难过。

我真的很感激他。

我们那个年代，羞于轻易说爱，也不像现在的人，敢于敞开心扉去表达。

我们那个年代，爱这个字，就是许许多多无言的举动，和漫长的陪伴。

与他一起，生活不再只是生活，岁月也不再只是岁月。

上天让我遇到他，就好像给了我人生唯一重要的宝藏。

“老太婆，我给你带了花回来，买菜的时候看见了，水灵灵的栀子花苗。”

前阵他买菜回来，给我提了一大袋子栀子花秧子，让我种在小阳台上。

今天他生日，却正巧开花了，绿油油的叶子，温柔的白色花苞，绽放了。

我剪下几支，插在干净的小水瓶中，供在他的照片前。

“你看，花开了哦。”

他走了一个月了，身体健壮的他，失足落水，掉进了公园的小池塘，好像是想去池边上摘荷花。

也不知道是不是要给我，真傻。

上天收回了我最重要的宝藏，余我孤身一人，了无牵挂。

我看着他的照片，是他年轻时的样子，冲我微笑着。

可能从此以后，生活与岁月，也在于我无关了。

“老头子，等我。”

◇

猫

黄小玉
（71岁）

前一阵我发现一件很有趣的事情。

你要知道，到了我这个年纪，虽然好像什么都见过了，但也没有什么能做的了。

一把老骨头，除了在家待着看电视和去公园散步，还能干什么？干什么都觉得吃力，要是摔了碰了，就够我们受的了。

还好的是，我家自带一个小花园。

说是一个小花园，但这是个旧房子了，换做十几年前，我还会在院子里种种花种种菜啥的，现在已经杂草丛生啥都没咯！

但就是前一阵，我发现一直夜里总是有窸窸窣窣的声音，从窗外园子里传来。

说实话，我的第一反应是以为有贼，毕竟我一个寡居老人，还是很怕的。

我爬起来，轻手轻脚地从厨房后门绕了出去，悄悄的，没声儿。

借着路灯，我看见花园的一角窝着一只毛绒绒的家伙。

“啊……原来是只猫啊。”

我站在原地没动，松了一口气。那是一只黄狸猫，体型很大，浑身圆滚滚的，活像个大胖子。

“去去去！半夜吵吵……”

我不耐烦的冲它挥了挥手，就爬回床睡觉去了。

其实我怀疑它当晚根本就没有走，因为第二天我又看见了它，光明正大的躺在园子中间晒太阳。

中午饭我给自己煎了条鱼，摆上桌，打开电视，艰难的坐下。

人一老真是做什么事都费劲。

我撇撇嘴，觉得没劲透了，电视也是重播。

我偏了偏头，看见那只猫在园子里坐了起来，正看着我。

我端起碗走了出去。

“你想吃啊？”

“喵——”

“你都这么胖了你还吃个屁啊。”

“喵——”

我把我的鱼分了一半给它，坐在台阶上边吃边看着它，真奇怪，我俩都吃得特别香。

我仔细的观察了一下这只大肚便便的肥猫，毛色很亮，眼睛也有神。

我不自主的冲它絮叨着：“你都蹭谁家的饭呢？吃得这样好？”

它当然不会回答我，只是在我脚边打个滚又睡了。

第二天，我才知道我错怪它了，因为它在我家花园的旧杂屋里下了一窝崽。

早上被它此起彼伏的喵喵声叫醒，我走到园子里找了半天没找着，却发现它躲在杂屋里。

走近看了，才发现它屁股后面还睡着一团团毛球，我数了下，一共三只，两只黄的、一只花的，正嘤嘤的叫着。

“原来不是胖的哟？”

它见我来了，也不怕，用鼻子拱了一只小崽子过来。

粉粉嫩嫩的小鼻子，还没睁开的眼睛，真的有点可爱。

我看了看它，又看了看它拱过来的小崽子。

“哎哟可别，你送我我可不会养！”

那怎么办呢，还得我去给它们找点垫子啊，毯子啊。

我抱着一些不要的旧衣服给它送到一边，就走开了，我怕我总是在幼崽边出现，会让它觉得焦虑。

从这天起，可怜我哟，每天三餐都要做两份饭，一份我吃，一份它吃。

它的小崽子们长得也真快，一周左右就睁眼了，还大了一圈。成天跟在它屁股后面哼哼唧唧。

我想起我儿我孙出生时，还不也是这样，撒不开手的奶娃子，一转眼就大了。

现在他们都很少很少回家来咯，剩我一个老太婆。

没良心啊，连猫也是一样。那家伙今年秋天就带着崽子搬走了，不知道去了哪里，没跟我告别，也没回来看过我。

小花园里又变回啥都没有的样子了，野草还是那些野草，人也还是这个人，静悄悄的。

你要知道，到了我这个年纪，虽然好像什么都见过了，但也没有什么能做的了。一点点小小的事情，都会让我觉得有趣，不那么寂寞。

也不知道它，现在过得好不好啊。

第十部分

兄弟情

烈士之墓

◇

人间味

陆肖文
（18岁）

雪沫乳花浮午盏，蓼茸蒿笋试春盘。人间有味是清欢。

这家店的厅堂门帘上，提了这样半阙词。

店叫“人间有味”，市中心一家私房菜馆，做的是旧年老装修，水曲柳椅子油木桌，厅堂前砌个小池，夏养睡莲冬养水藻。

隔着一层透明玻璃，外面是繁华商街，衣香鬓影。里间是有模有样的清平调子与黑发长腿侍应生。

有新来的年轻女服务生跑到服务台，拿餐盘挡着脸，偷偷问站在柜台后的领班，“凌姐你看，靠窗边的小哥好劲诶。”

领班往窗边位置瞥了一眼，那里的沙发上挂着个懒洋洋的少年。

他带着一副入耳动圈，半截裤管撩到膝盖上，桌上摊了个 ipad 和半杯芒果汁，手里正拿着个 PSP 玩得起劲，连一星目光都吝于给四周偷偷窥视他的人。

领班低头看了看今天的账，在电脑上入了单，随后仿佛才想起来什么，满脸无所谓地回女服务生，“那是老板的弟弟，听说刚考完高考，平时不学无术，稀烂。”

女服务生轻轻“哦”了一声，皱皱眉，走回后厨。

又他妈输了。

陆肖文放下 PS4，专心致志等他的荞麦面。

这家“人间有味”是陆肖文兄长陆肖禹的产业，

门帘的题词是陆肖文胡凑的。

陆肖禹较他大了半轮年龄，如今已经赚出了一份身家，算小圈子里半个年轻钻石王老五。

反观陆肖文，刚经历过高考洗礼，自视已经成为一名合格的知识分子，就开始整日游手好闲的日子。勉强算得上半个二流子。虽然早就过了四、五岁稚龄，依旧猫嫌狗厌。

荞麦面很快端上来，小木盘寿司席上一把灰色荞面，夹起来卷进带冰块的汤汁里，出来时是条细筋韧的利口清爽。

陆肖文边吃边想，已经几个月没见面，不知道该怎么跟兄长解释高考成绩。

他的成绩新鲜出炉，三流本科只怕都没法够上。回家面对父母，只怕又是一顿臭骂。

虽然是兄弟二人，除了都有一张好皮相之外，中间差别何止云泥。陆肖禹优秀成习惯，而弟弟从小不知精英生活是什么模样。

陆肖文早上打过兄长手机，刚通话一声就被按断，明显是对他不愿多加理睬的态度，只好跑来店里截人。

直到中午时间，已经陆续有客人上门，PS4 已经开始显示电量不足，陆肖文还是没等到自家兄长。

他招来领班，得到的仅仅是一句“不知道”。

陆肖文拿筷子有一搭没一搭的戳汤汁里还没融化的冰块。

眉拧得撑不开，表情带着难得沉郁。

哎，果然猫嫌狗厌。

近下午一点时，陆肖文的手机才磨磨蹭蹭弹出消息，发送人显示：陆肖禹。

“我在杭州出差，家里已经筹备让你去布宜诺斯艾利斯上学，自己准备一下，跟狐朋狗友早日告个别。”

只他一个，在最后得知这个消息，接下来的人生似乎已经被父母兄长早早安排好。

连震惊都要忘记。

兄弟姊妹。

没人知道这种介于朋友、父母、孩子、伴侣之间的角色到底是怎样的。

即使都有相同的性别，从小吃一样的米饭，受相同的教育，最终还是会走上截然不同的道路。

弱者的处境尴尬又散漫，只能伸出双手接受。

就像他的现状。

◇

实习医生

李煦
（23岁）

带李煦实习的导师说过，生老病死的时候，总能把一家人看得清清楚楚。

在李煦实习的第三个月零九天，血液科送来一个病人，男性，三十五岁，由于血小板较少不能做切片，骨髓穿刺结果显示细胞数增加以及淋巴母细胞增加，白细胞计数异常，判定为急性淋巴细胞性白血病。

于是紧急安排住院，开始筹措各项化验、手术与考虑骨髓配型。

导师去107跟病患家属谈论病情与预期治疗方案。

李煦去拿化验单时，经过107看了一眼，病患躺在19号床上，他身边坐着一位满眼通红的老太，正拿着纸巾不停抹眼泪。

老太干瘦枯槁，洗旧的碎花短袖穿在身上空空荡荡，整个人瘫在身后与病患长相相似的一名中年男人身上。

导师回值班室时，一脸苦大仇深，冲李煦不停叹气。

李煦心下了然，“老师，是19号床出了什么问题吗？”

导师把病历本放在桌上，喝了一口水后坐下，意味深长地说：“虽然见得多了，但还是得说，某些时候，真心希望病人能好的，只有医生啊。”

19号床的病患名叫王勤，跟老太一起来的是他的弟弟王俭，老太则是他们的妈。

兄弟两人家中并不宽裕，平时就已经没有多余经济。这次王勤突然病倒，对这种家庭相不吝于噩梦。

导师叹着气，“其实如今白血病的治愈情况还是比较好的，可病人家属并不愿意筹钱治疗，准备过阵子办个出院回家疗养。哎，这还是亲兄弟……”

……

李煦检查了一下点滴速度，王勤正抬着头，聚精会神看电视里一期火爆综艺。

李煦循例问了一下他最近的饮食和身体状况，注意到他的双手老茧密布，甚至指甲沟里都有洗不净的脏污。

听说王勤以前在工地工作，之前应该是身体还不错的人。

如果不接受治疗的话，真是可惜。

李煦拿口袋里的笔记录下：目前暂无异常反应，状况良好。

没想到离开前，王勤突然叫住他，没打点滴的手挠着头发，显得有些不好意思，“小李医生，我现在这个状况，是不是真的没救了？”

他说完这句话，干燥枯黄的脸上带着苦涩笑容，额上纹路横生，眼皮耷拉下来，连眼底的光也微弱，将灭未灭。

李煦无言，只能出口安慰，“不会的，老师说过，目前这个病的治愈还是看个人的，你千万不要灰心丧气，得积极配合治疗才行。”

王勤点点头，依旧有些腼腆，“以前都没空好好看会儿电视，突然闲下来，就看得太入神了。”

李煦微微颔首，露出一个鼓励的微笑。

他走出病房时，不经意见到了王勤的弟弟。那个与王勤五分相似的男人坐在病房外的小凳子上，佝偻着背把头埋在双手间。

黄昏的阳光透过窗棱照射进来，打在白瓷墙上，有值班护士在走廊上穿梭，中间搁着一台微波炉，有病人家属拿着保温盒热饭，食物熟过头的气味与消毒水的味道糅杂在一起，瞬间弥散在这小小一方天地。

李煦紧握手里新一张化验单，站在离王勤弟弟不远的地方，踌躇不前，不知道该不该走过去问他，你为什么不进去。

那个男人的姿势仿佛是困倦极了，对周围发生的事情一无所知。

他究竟是愧疚做出的决定无法让兄长活下来，还是更困扰兄长化疗之后将要背负的巨大经济压力？

导师的话言犹在耳。李煦无从知晓。